Deseo™

Amor concertado

Katherine Garbera

HARLEQUIN™

Editado por HARLEQUIN IBÉRICA, S.A.
Núñez de Balboa, 56
28001 Madrid

AMOR CONCERTADO, N.º 1608 - 3.9.08
Título original: Baby Business
Publicada originalmente por Silhouette® Books

I.S.B.N.: 978-84-671-6363-6
Depósito legal: B-32760-2008
Editor responsable: Luis Pugni
Preimpresión y fotomecánica: M.T. Color & Diseño, S.L.
C/. Colquide, 6 portal 2 - 3º H. 28230 Las Rozas (Madrid)
Impresión y encuadernación: LITOGRAFÍA ROSÉS, S.A.
C/. Energía, 11. 08850 Gavá (Barcelona)
Fecha impresion para Argentina: 2.3.09
Distribuidor exclusivo para España: LOGISTA
Distribuidor para México: CODIPLYRSA
Distribuidores para Argentina: interior, BERTRAN, S.A.C. Vélez Sársfield, 1950. Cap. Fed./ Buenos Aires y Gran Buenos Aires, VACCARO SÁNCHEZ y Cía, S.A.
Distribuidor para Chile: DISTRIBUIDORA ALFA, S.A.

Capítulo Uno

–Me has salvado la vida –dijo Cassidy Franzone al abrir la puerta de su casa.

Embarazada de treinta y cuatro semanas, necesitaba satisfacer imperiosamente sus antojos. Estaba felizmente soltera, pues había tomado la decisión de criar a su hijo ella sola, pero odiaba salir por su sopa de cangrejo favorita bajo el calor infernal de Charleston.

Afortunadamente, su padre había puesto a todos sus empleados a su disposición. Si necesitaba algo, fuera la hora que fuera, siempre había alguien de Franzone Waste Management disponible.

–¿En serio?

El hombre que estaba en el umbral no era ningún empleado de su padre. De hecho, era el padre biológico de su hijo.

Cassidy miró boquiabierta a Donovan Tolley. Seguía siendo el hombre más atractivo que jamás había visto. Su espesa mata de pelo, en la que a ella tanto le había gustado entrelazar sus dedos, se agitaba ligeramente con la cálida brisa veraniega, y su ropa de diseño se ajustaba perfectamente a su figura… no por vanidad, sino porque a Donovan le gustaba vestir con la mejor calidad.

–¿Qué estás haciendo aquí? –le preguntó. Intentó aparentar una actitud despreocupada, como si la respuesta a su pregunta careciera de importancia, pero no pudo evitar llevarse una mano protectora al vientre.

¿Cómo había descubierto Donovan que estaba embarazada? ¿O no estaba allí por eso?

Tal vez fuera porque estaba hambrienta, o quizá porque habían pasado casi ocho meses desde la última vez que lo vio, pero los ojos casi se le llenaron de lágrimas mientras él le sonreía.

–¿Puedo pasar? No quiero hablar contigo en la puerta –dijo él. Parecía un poco aturdido, y cuando se levantó las gafas de sol a lo alto de la cabeza ella vio cómo escrutaba su embarazo.

–¿De qué quieres hablar? –le preguntó.

¿Y si no se creía que era el padre de su hijo? ¿Qué quería exactamente de ella? ¿Y por qué demonios se seguía sintiendo atraída por aquel hombre que le había roto el corazón al abandonarla ocho meses atrás?

Él observó su barriga con una ceja arqueada.

–Para empezar, de tu embarazo.

Cassidy no le había dicho a Donovan que estaba embarazada de su hijo, pero él había dejado muy claro lo que pensaba de los hijos cuando le hizo su propuesta formal, excesivamente formal, de matrimonio.

–Ya sé todo lo que necesito saber sobre tu opinión al respecto –replicó.

–Yo no estaría tan seguro. Déjame entrar, Cassidy. Tengo que hablar contigo y no voy a marcharme hasta que lo haya hecho.

Ella dudó. A cualquier otro hombre le habría cerrado la puerta en las narices, pero ningún otro hombre la había dejado embarazada. Donovan era el único hombre al que había amado en su vida. Aun así, no necesitaba esa clase de tensión en aquellos momentos.

Tenía hambre, el bebé se movía en su vientre y no estaba del todo segura de querer mandar a Donovan a paseo. No sería propio de ella. Siempre había sido una persona firme y decidida, pero últimamente no era ella misma.

Sintió que empezaba a marearse, seguramente debido al calor, y tomó la decisión de echar a Donovan. Ya se ocuparía de él cuando el bebé hubiera nacido y ella hubiese recuperado su personalidad.

Un Mercedes último modelo y con las ventanas tintadas aparcó en su camino de entrada. Cassidy sonrió. Al fin había llegado su comida.

–Aquí le traigo su sopa, señorita Cassidy.

–Gracias, Jimmy –le respondió al joven que le entregó una bolsa marrón. Él asintió y volvió a marcharse.

Donovan sonrió.

–¿De Crab Shack?

Ella asintió. Siempre había intentado ignorar el hecho de que su sopa favorita procedía del restaurante en el que Donovan y ella comían una vez a la semana cuando estaban juntos. El Crab Shack era uno de los establecimientos más famosos de Charleston.

–Te haré compañía mientras comes –dijo él.

–Creo que no. Podemos hablar otro día de esta semana. Llamaré a tu ayudante.

–No voy a marcharme, Cassidy.

–¿Vas a entrar en mi casa por la fuerza? –preguntó ella.

–No –respondió él, apoyando un brazo en el quicio de la puerta e inclinándose sobre ella–. Vas a invitarme a pasar.

Su colonia era única. Una exclusiva perfumería de Francia la preparaba especialmente para él, y en aquellos momentos Cassidy odiaba a esa perfumería, porque el exquisito olor de Donovan le recordaba las veces que ella se había acurrucado contra él, con la cabeza apoyada en su pecho.

–Cassidy... déjame pasar... por favor –susurró, inclinándose aún más.

Su voz profunda y sensual hizo estragos en los instintos femeninos de Cassidy. Los pechos se le hincharon y los pezones se le endurecieron contra la tela del sujetador. La sensibilidad de su piel aumentó y los labios se le secaron. Se los humedeció con la lengua y vio cómo él entornaba la mirada.

–¿Hay algo que pueda hacer para que te marches?

–No. Te he echado de menos, Cassidy. Marcharme es lo último que quiero hacer.

Odiando la emoción que le provocaron sus palabras, Cassidy intentó aparentar naturalidad al apartarse para que él pudiera entrar.

Donovan cerró la puerta tras ellos y ella volvió a dudar en el vestíbulo de su propia casa. No debería haberlo dejado entrar, pues sería imposible mantener la distancia entre ellos. Estando otra vez frente a Donovan, sólo podía pensar en el sexo. En la idea de volver a estar entre sus brazos una última vez. El embarazo le había revolucionado las hormonas, y en aquel momento se le dispararon frenéticamente. Deseaba a aquel hombre. No había tenido ni una sola cita en los últimos ocho meses, aunque varios valientes se habían atrevido a pedírselo. El único hombre al que deseaba era Donovan.

Lo condujo al porche acristalado con vistas al bosque que se extendía detrás de su casa. Con su techo alto y a la sombra de los robles y los magnolios, ofrecía un refugio fresco y agradable del calor de agosto.

–¿Te apetece una cerveza o un poco de té? –le preguntó ella.

–Una cerveza estaría bien.

Cassidy dejó la sopa en la mesa y fue a la nevera por la cerveza de Donovan. A los dos les gustaba la cerveza Heineken, y aunque ella no la había vuelto a probar desde que se quedó embarazada, siempre mantenía la nevera llena para las visitas de sus hermanos y amigos. Sacó una botella de Pellegrino para ella y volvió a la mesa. Donovan se levantó y le retiró caballerosamente la silla, igual que había hecho siempre. Aquel gesto de cortesía era una de las cosas que diferenciaban a Donovan de los otros hombres. Ella le dio las gracias y se sentó.

De repente, la comida dejó de tener importancia al darse cuenta de que el hombre al que amaba estaba sentado frente a ella. Tuvo que juntar las manos en su regazo para no alargar el brazo sobre la mesa y tocarlo, para asegurarse de que la imagen era real.

–¿Cómo estás, Cassidy? –le preguntó él.

–Bien. No he tenido ningún problema con el embarazo –respondió ella. Tenía veinticuatro años y estaba en una forma física excelente, gracias a una vida de ejercicio y comida sana. El bebé también estaba sano, y a ella le gustaba creer que era gracias a que había sido concebido en un acto de amor sin igual. A veces la imaginación la desbordaba…

–Me alegro.

–¿Y tú, lo estás? –le preguntó ella.

Intentó adoptar un tono sarcástico, pero supuso que parecía demasiado complacida por la preocupación que él mostraba por su salud.

–Sí –respondió él, recostándose en la silla–. ¿Por qué no me dijiste que estabas embarazada? Supongo que el bebé será mío…

Debía de saber que no había estado interesada en ningún otro hombre, pensó ella. Al fin y al cabo, nunca le había ocultado lo que sentía por él cuando estaban juntos.

–Sí, es tuyo. No te lo dije porque no me pareció el tipo de información que te interesaría saber.

–¿Qué quieres decir con eso?

–Que todo lo que no tenga que ver con Tolley-Patterson Manufacturing o cualquiera de tus otros negocios no suele tener mucho interés para ti.

–Tú sí lo tenías –replicó él.

–Sí, siempre que no hubiera una crisis en alguna de tus empresas.

Siempre había sido amargamente consciente de que la posición de Donovan como vicepresidente ejecutivo de Tolley-Patterson era lo más importante para él, al igual que las acciones que poseía en otras muchas empresas. Junto a su antiguo compañero de habitación en la universidad poseía un negocio de artículos deportivos, y tenía acciones en un complejo turístico de Tobago con un amigo del colegio. Durante un tiempo su preocupación constante por los negocios no le había importado a Cassidy, pero en los últimos meses de soledad se había dado cuenta de que podría haber aspirado a mucho más en su relación.

Donovan siempre había estado obsesionado con demostrar que podía labrarse su propia fortuna, y Cassidy no quería volver a competir por su atención. Separarse de él había sido muy duro. Lo más difícil que había hecho en su vida. Al principio pensó que nunca lo superaría, pero cuando le confirmaron que estaba embarazada decidió que el bebé era la única razón por la que su destino y el de Donovan se habían cruzado. Su hijo sería la persona en quien ella volcaría todo el amor que Donovan nunca había querido.

Pero ahora Donovan había regresado, y un hormigueo en la boca del estómago le hacía desear que esa vez fuera para siempre.

Aunque esa posibilidad la asustaba aún más que un futuro sin él.

–¿Qué significa ese comentario? Nunca te ignoré cuando estábamos juntos.

Donovan seguía intentando asimilar el embarazo. No podía creerse su buena suerte al encontrársela embarazada de un hijo suyo. Había ido a verla para volver a pedirle que se casara con él y convencerla de que había cambiado de opinión respecto a los hijos y la familia. Y tenía que hacerlo sin revelar las circunstancias que lo habían llevado aquel día a llamar a su puerta.

Había olvidado lo hermosa que era, con su exquisita piel de porcelana, su exuberante melena y aquellos labios carnosos de un color tan rosado como sus pezones. Dios, cuánto había echado de menos aquella boca...

El cuerpo se le endureció y tuvo que mover las piernas para intentar sofocar su erección. Nunca había creído que una mujer embarazada pudiera ser tan sensual y atractiva, pero la imagen de Cassidy embarazada de su hijo irradiaba una belleza especial.

–Yo sabía y aceptaba que tenías que trabajar doce horas al día y los fines de semana... por eso no te pedí nada –dijo ella.

A Donovan le costó un momento asimilar sus palabras, porque se había quedado ensimismado con sus labios mientras se preguntaba qué pasaría si se atrevía a besarla.

Pero cuando las palabras alcanzaron su cerebro se dio cuenta de que Cassidy no estaba de humor para los besos. Estaba obsesionada con las razones que los habían separado. Y él tenía que hacerle ver las razones por las que podían estar juntos de nuevo.

Si había algo que se le diera especialmente bien era lograr sus objetivos... Y conquistar a Cassidy era su objetivo prioritario en esos momentos de su vida. Su carácter emprendedor y competitivo no se limitaba a los prósperos negocios con los que había hecho su fortuna. Tenía tanto dinero que podría dejar de trabajar el resto de sus días, y las inversiones que había realizado en los arriesgados negocios de sus amigos habían merecido la pena con creces. Pero quería más. Quería su derecho de nacimiento... el puesto de director general de Tolley-Patterson.

Al contemplar a Cassidy con su hermosa melena rizada enmarcándole su precioso rostro, se dio cuenta de que la había añorado mucho más de lo que creía posible. No habría vuelto a buscarla si no necesitara imperiosamente una esposa y un hijo, pero al estar ahora frente a ella supo que había hecho lo correcto. El embarazo de Cassidy hacía que fuese mucho más fácil alcanzar su objetivo.

–Lo siento –se disculpó, y una parte de él lo decía en serio.

Otra parte, el hombre que siempre había buscado la manera de aprovecharse de la situación, sabía que la humildad lo ayudaría a recuperar a Cassidy. La había herido, pero en sus ojos brillaba un atisbo de esperanza.

–¿Por qué?

–Por hacerte sentir que no eras lo primero y más importante en mi vida.

Ella hurgó en la bolsa de la comida y sacó un recipiente de plástico que debía de contener sopa de cangrejo.

–No juegues conmigo, Donovan.

–No lo hago.

–Sí, sí lo haces. Sabes jugar como nadie, y todo lo que haces es por un propósito específico.

Lo conocía demasiado bien. De hecho, aquélla era la única razón por la que él le había permitido alejarse de su lado. Lo conocía mejor de lo que él quería que lo conocieran. Pero Cassidy era la llave para conseguir lo que tanto necesitaba, y no iba a dejarla escapar otra vez. En aquella ocasión iba a incluir a Cassidy en su vida.

–¿Y bien? ¿Dónde está esa réplica cortante y mordaz? –lo provocó ella.

–¿Sabes que el sarcasmo no te sienta nada bien?

Ella se encogió de hombros.

–Es normal estando embarazada. Continuamente estoy oyendo comentarios sarcásticos.

–¿En serio?

–Sí.

–¿De quién?

–De todo el mundo –respondió ella con una pícara sonrisa. Cassidy conocía su atractivo sexual y el efecto que provocaba en todos los hombres que conocía.

Una inquietante posibilidad asaltó bruscamente a Donovan.

–¿Hay algún hombre en tu vida? –preguntó él, aunque sabía que el bebé era suyo. No sólo porque ella se lo había confirmado, sino porque conocía bien a Cassidy. Le había dicho que lo amaba, y para ella eso significaba algo más que palabras.

–Mi padre y mis hermanos –murmuró ella, bajando la mirada a la mesa. El regocijo que había exhibido un momento antes se había extinguido por completo.

–Me refiero a un novio –dijo él.

–Oh, claro… Estoy embarazada de un hijo tuyo, ¿por qué no iba a estar con otra persona? –espetó ella, mirándolo con sus brillantes ojos marrones.

–¿Hasta cuándo vamos a estar con el sarcasmo? No sabía que estabas embarazada.

–No pensé que te importara saberlo.

–Pues sí, me importa. Entonces, ¿no estás saliendo con nadie? –le volvió a preguntar, complacido al pensar que Cassidy había estado sola durante todo ese tiempo.

–No. No me pareció justo estar con otro hombre en estos momentos. ¿Y tú, estás saliendo con alguien?

–¿Crees que estaría aquí si así fuera? –preguntó él.

Después de su separación se había refugiado aún más en el trabajo. Gracias a eso le había ganado ventaja a su primo Sam, su rival para el puesto de director general. Sam llevaba casado más de cuatro años y dividía su tiempo entre la oficina y su casa. Pero el testamento de su abuelo había equilibrado la balanza.

–¿Por qué estás aquí? –le preguntó ella.

Donovan se rascó la nuca. Sabía lo que tenía que decir, pero mientras la miraba empezó a pensar en las consecuencias. Mentirle a Cassidy le resultaba muy difícil, pero si le decía la verdad… que el testamento de su abuelo lo obligaba a casarse y tener un hijo antes de un año si quería ser director de Tolley-Patterson, además de conseguir el voto afirmativo del comité… lo echaría a patadas de su casa.

–¿Donovan?

–Te he echado de menos, Cassidy.

–No me he movido de aquí –dijo ella.

–No sabía si me aceptarías de nuevo.

–¿Quieres que volvamos a intentarlo? –preguntó ella–. Será bastante difícil cuando nazca el bebé.

–No te estoy pidiendo una cita. Quiero casarme contigo. En los últimos ocho meses me he dado cuenta de lo mucho que deseo que seas mi esposa. He venido para decirte que he cambiado de opinión y que estoy dispuesto a tener una familia.

Oyó cómo ella ahogaba un gemido y vio el brillo de las lágrimas asomando a sus ojos.

Se levantó rápidamente y se acercó a ella para apartarla de la mesa y girarla hacia él. Se inclinó hasta casi rozarle los labios con los suyos y le tomó el rostro entre las manos. De repente supo que no quería fastidiarlo todo, y no sólo porque quisiera arrebatarle a Sam el puesto de director general; quería hacerlo bien porque Cassidy era la llave a una vida que hasta ese momento nunca había deseado.

–Quiero casarme contigo, Cassidy Franzone. Quiero ser un padre para nuestro hijo y tener esa familia con la que siempre soñaste.

Teniendo a Donovan tan cerca de ella, lo único que Cassidy quería era abrazarse a su cuello, besarlo y apoyar la cabeza en su pecho mientras él la estrechaba entre sus brazos. El mismo anhelo desesperado que la hacía despertarse en mitad de la noche.

Pero Donovan siempre se había mostrado inflexible en su rechazo a la posibilidad de formar una familia, por lo que aquel cambio resultaba demasiado drástico, incluso después de ocho meses.

–¿Por qué? ¿Qué te ha hecho cambiar de opinión?

–Te he echado de menos.

Pero eso ya se lo había dicho, y no explicaba su repentino deseo de querer tener hijos.

–No es ésa la razón por la que deseas tener una familia –le dijo, temerosa de confiar en su sospechoso cambio de actitud.

Él dejó caer las manos y se irguió. Agarró la cerveza de la mesa y caminó hasta el extremo del porche, donde apoyó la cadera contra la barandilla de madera y echó la cabeza hacia atrás para beber de la botella.

–¿Qué quieres que diga, Cassidy?

Ella no tenía ni idea. Ocho meses antes, cuando él le propuso matrimonio por primera vez, ella había sospechado que estaba embarazada y se había apartado de su lado cuando él dejó bien clara su opinión sobre la familia y los hijos. Se había alejado porque sabía que Donovan era el tipo de hombre que se casaría con una mujer a la que había dejado embarazada... y no era ésa la razón por la que ella quería casarse. Quería que Donovan se casara con ella por amor, porque no pudiera vivir sin ella, igual que ella no podía vivir sin él.

–Quiero saber por qué has cambiado de opinión. Decías que los hijos eran la principal fuente de discusiones en las parejas casadas. Decías que habías visto muchas relaciones destrozadas por culpa de los hijos. Decías que...

–Sí, ya sé lo que decía –la interrumpió él, irritado.

–¿Y?

–He tenido mucho tiempo para pensar en ti y en mí, Cassidy. En cómo éramos el uno con el otro, en cómo fuimos educados... Creo que podemos formar una familia sin perder la esencia de lo que somos como pareja.

Estaba diciendo las cosas que ella siempre había deseado oír. Tan desesperada estaba por creerlo que una parte de ella estuvo a punto de aceptarlo. Pero la soledad de los últimos meses le había enseñado que no bastaba con estar enamorada para que una relación funcionara. Y no tendría fuerzas para volver a superar un fracaso.

–¿Quieres casarte conmigo porque estoy embarazada? No quiero que lo hagas sólo porque te sientas obligado.

Donovan volvió junto a ella, dejó la botella en la mesa y la hizo ponerse en pie.

–Cassidy, jamás nos faltaría al respeto de esa manera. Estoy aquí porque te necesito. Hoy venía con la intención de suplicarte que me aceptaras de nuevo en tu vida.

–¿Todo esto tiene algo que ver con la muerte de tu abuelo? –le preguntó ella–. Lamenté enterarme de que había fallecido –le había enviado flores a la familia y se había sentido fatal por no haber asistido al funeral.

Donovan no podía creerse lo cerca que había estado Cassidy de la verdad con aquel inocente comentario.

–Perder a mi abuelo me hizo darme cuenta de lo rápido que puede cambiar la vida, y pensé en lo mucho que él siempre quiso verme teniendo a mis propios hijos. Pero yo siempre creí que teníamos tiempo...

Cassidy le rodeó el hombro con un brazo y lo abrazó brevemente antes de apartarse.

–¿Te hizo darte cuenta de que la vida es algo más que trabajo?

Ella sabía lo difícil que era para Donovan hablar de sus sentimientos. Pero si iba a darle otra oportunidad, si iba a permitirse amarlo y criar a su hijo con él, antes tenía que saber a qué atenerse.

Ya no sólo se trataba de ella, pensó mientras se frotaba el vientre con una mano. Quería lo mejor para su hijo, y eso significaba el amor de dos padres cariñosos.

–Supongo que sí. No quiero hablar de ello... Mi abuelo y yo no estábamos muy unidos, como ya sabes, y su ataque al corazón fue tan repentino...

La relación entre Donovan y Maxwell Patterson no había sido precisamente entrañable.

–¿No tuviste ocasión de hacer las paces con él?

–No. La última vez que hablamos fue para acabar discutiendo, como siempre. Ni siquiera me despedí de él.

–Estoy segura de que él sabía que lo querías.

Donovan se encogió de hombros como si no le diera importancia, pero Cassidy sabía que siempre había intentado que su abuelo estuviera orgulloso de él. Necesitaba demostrarle a su familia que era algo más que el hijo de su padre, y que por sus venas corría la sangre de su abuelo.

–Por eso te necesito. Necesito tenerte a mi lado, a ti y a nuestro hijo. No quiero llegar al final de mis días y descubrir que mi único legado es Tolley-Patterson. Quiero que nos casemos, Cassidy.

A Cassidy se le derritió el corazón. Aún seguía pensando que había alguna razón oculta para aquel cambio de actitud, pero no le importaba. Donovan le estaba ofreciendo más de lo que ella siempre había esperado de él. Era la clase de hombre que siempre cumplía con sus compromisos. Y con su bebé en camino Cassidy sabía que podría tener la vida con la que siempre había soñado.

–Um...

–¿Qué?

–Casarme ahora, con esta barriga... –dijo, señalándose su abultado vientre–. No es lo que tenía pensado. Yo quiero una boda a lo grande.

–¿Qué estás diciendo?

–Um... –¿qué estaba diciendo? Quería que su hijo llevara el apellido de Donovan. Pero una boda pública era impensable hasta que diera a luz–. Creo que deberíamos casarnos en secreto, sólo con nuestras familias, y luego, cuando haya nacido el bebé, podemos celebrar una ceremonia por todo lo alto.

Donovan no había hecho ningún plan posterior a la aceptación de Cassidy. Casarse en secreto no parecía lo más apropiado para satisfacer las exigencias póstumas de su abuelo. Su abogado se estaba empleando a fondo para encontrar alguna laguna en el testamento, pero su abuelo, astuto como pocos, se había asegurado de que el próximo director general de Tolley-Patterson tuviera que cumplir a rajatabla con sus extravagantes requisitos. No importaba que el testamento fuera una locura. Legalmente era irrefutable.

–¿Por qué quieres mantener la boda en secreto?

Cassidy se ruborizó y se abrazó el estómago.

–No quiero que la gente piense que te casas conmigo por el niño.

–Eso es una tontería, Cassidy. ¿A quién le importa lo que piense la gente?

–A mí –repuso ella tranquilamente.

–De acuerdo... Entonces lo haremos a tu manera.

–¿De verdad?

–Sí.

–Gracias.

–De nada –dijo él, y la estrechó entre sus brazos.

Ella le acarició el cuello con un suave suspiro y lo abrazó por la cintura. A causa de su prominente barriga, el abrazo fue muy distinto a todos los que habían compartido en el pasado, pero Donovan experimentó una sensación exquisita al volver a tenerla en sus brazos.

No importaba la razón de su regreso. Ahora estaba con ella y era allí donde quería estar. Cassidy echó la cabeza hacia atrás y lo miró fijamente con sus ojos marrones.

Él le tomó el rostro entre las manos y bajó la boca hacia sus labios. Ella se puso de puntillas para recibirlo. El roce inicial fue muy suave, casi imperceptible, pero entonces él sintió cómo abría la boca y cómo le tocaba el labio inferior con la lengua.

Nunca había olvidado los besos de Cassidy. Era la única mujer con la que se compenetraba físicamente a la perfección. En su vida sexual jamás había habido una situación incómoda o embarazosa. Cassidy tenía un sabor delicioso, y mientras él deslizaba la lengua en el interior de su boca se dio cuenta de cuánto la había echado de menos.

Ella se aferró a él y ladeó la cabeza para facilitarle el acceso, y él enredó los dedos en sus cabellos y le acarició el cuello con los pulgares. Ella dejó escapar un profundo gemido, tan sensual que Donovan también gimió y deslizó una mano hacia sus caderas para apretarla aún más contra él.

Entonces sintió que algo lo golpeaba en el estómago. Se retiró y bajó la mirada a la barriga de Cassidy. Un bulto se movía bajo su blusón holgado.

–Eh...

Ella sonrió.

–Está muy activo por las tardes.

–¿Activo?

–Sí. Es niño. Vamos a tener un hijo.

–Un hijo –repitió él. Iba a tener un hijo... La idea lo sacudió con más fuerza que el descubrimiento del embarazo de Cassidy. Se dejó caer en la silla que ella había dejado vacante.

–¿Estás bien? –le preguntó ella.

–Sí... Es sólo que me cuesta pensar en el bebé más allá del embarazo.

Ella volvió a sonreír.

–Lo sé. Una cosa es estar embarazada, pero otra muy distinta es imaginarse al bebé, ¿verdad?

–Sí, así es. Por eso quiero hacer esto lo antes posible.

–¿Hacer esto? ¿Te refieres a casarnos?

–Sí. Me ocuparé de preparar todo el papeleo.

–De acuerdo. Quiero celebrar la ceremonia en la casa de mis padres en la playa.

–Muy bien. Puedes encargarte de ello. ¿Cuándo está previsto que nazca el bebé?

–En menos de dos semanas.

–Entonces creo que deberíamos casarnos el fin de semana.

–¿Tan pronto?

–No tenemos tiempo si queremos estar casados cuando nazca el bebé.

–¿Tanto te importa?

–Sí –respondió con toda sinceridad.

Quería hacer las cosas bien para que los abogados no encontraran ningún fallo en su matrimonio y el nacimiento de su hijo. Y además necesitaba casarse con ella antes de que diera a luz. Sus instintos más primarios exigían que Cassidy llevara su apellido.

–Llamaré a mi madre y veré si pueden celebrar la ceremonia este fin de semana. Adam está en Nueva York... Tendré que preguntarle si puede venir.

–¿Estarán tus hermanos? –preguntó él. No creía que los hermanos de Cassidy se alegraran mucho de verlo.

–Eso espero. Tranquilo. Los dos comprendieron que quisiera tener el bebé yo sola.

Donovan lo dudaba. Los dos hermanos de Cassidy eran mayores que ella y extremadamente protectores, y él había hecho lo posible por evitarlos desde que la relación se rompió.

El sol de la tarde iluminaba el porche, arrancando reflejos en los oscuros cabellos de Cassidy. Donovan ahogó un gemido. Era la mujer más hermosa del mundo. Y era increíble lo fácil que había resultado todo.

Pero se trataba de Cassidy, quien siempre había sido como un rayo de luz en su vida. Nunca lo admitiría en voz alta, pero tal vez su abuelo le había hecho un favor cuando añadió aquella cláusula al testamento.

Mientras la escuchaba hablando con su madre, se dio cuenta de que Cassidy estaba esperanzada con la perspectiva del matrimonio. Se juró a sí mismo que nunca le permitiría descubrir por qué había vuelto realmente. Haría lo que hiciera falta para ocultarle la terrible verdad: que sólo había regresado con ella para conseguir el puesto de director general de Tolley-Patterson.

Capítulo Dos

A Cassidy nunca se le había dado bien ocuparse de los detalles, y menos en aquella primera semana de agosto en la que estaba tan gorda como una ballena.

Todo lo contrario que a Donovan, que no paraba de hablar de todas las cosas que debían hacerse.

–¿Me estás escuchando? –le preguntó él.

La había convencido para ir al club de campo del que eran miembros sus respectivas familias. Estaban sentados en una terraza con vistas al mar y Cassidy podía sentir la cálida brisa marina que le acariciaba el rostro.

–No.

–Cassidy, no tenemos mucho tiempo, y quiero que todo esté listo antes de que des a luz.

–No entiendo a qué viene tanta prisa –dijo ella.

Aún no podía creerse que Donovan hubiera vuelto a su vida. Pero allí estaba, haciéndose cargo de la situación igual que siempre.

Y ella no estaba del todo segura de que quisiera permitírselo.

La última vez había estado encantada de que él tomase el mando, pero ahora era más vieja y sabia… y más irritable. No le apetecía hablar de los seguros de vida que deberían contratar por el bien de su hijo en caso de que los dos murieran. No quería pensar en esas cosas.

–También tenemos que hablar de los padrinos. Creo que lo mejor sería que fuera mi familia.

–¿Lo mejor? Ya le había pedido a Adam que fuera el padrino –su hermano mayor era muy responsable y ella sabía que su hijo estaría seguro con él.

–No deberías haberlo hecho sin consultármelo antes.

–Um… no estabas en mi vida, ¿recuerdas?

–¿Ya estamos otra vez con el sarcasmo?

–Sí, me gusta.

–A mí no.

–Entonces deja de intentar controlar mi vida. Te dije que me casaría contigo, pero no voy a permitir que lo controles todo.

–Cassidy…

–¿Sí?

–No te estoy pidiendo que me permitas controlar tu vida.

–¿No?

Él se inclinó sobre la mesa. Sus ojos brillaban de tal manera que Cassidy tuvo que reprimir una sonrisa. Aquél era el Donovan que recordaba, capaz de transformar cualquier situación en una provocación divertida y sensual.

–No… te lo aseguro.

Se acercó a él, posando la barriga contra el borde de la mesa, y alargó un brazo para acariciarle el labio. Él abrió la boca y ella se acercó un poco más para darle un beso fugaz.

–Tienes que recordar una cosa, Donovan Tolley.

–¿Qué cosa? –preguntó él, rozándole los labios con los suyos.

El beso había sido dulce e inocente, pero una oleada de hormonas recorrió el cuerpo de Cassidy. A pesar de su avanzado estado de gestación, deseaba ardientemente a aquel hombre.

–No eres el jefe fuera de Tolley-Patterson.

Él descendió con el dedo por el lateral de su cuello, siguiendo una gota de sudor que había tomado el mismo camino.

–Lo seré una vez que estemos casados.

–¿Cómo estás tan seguro? –preguntó ella, intentando ignorar la sensación que le provocaba con su dedo.

El pulso le latía frenéticamente y no sabía adónde conducía esa conversación. Sólo sabía que aquello era lo que había echado de menos. Tener a Donovan en su vida significaba que ya no volvería a estar sola. Y podía ser ella misma, por muy alocada o estúpida que le pareciera a los demás.

–Voy a insistir en que nuestros votos matrimoniales contengan la palabra «obedecer».

–Por mí estupendo –dijo ella–. Siempre he querido que me obedezcas.

Él echó la cabeza hacia atrás y soltó una fuerte carcajada, llamando la atención de las otras personas que ocupaban la terraza. Cassidy le sonrió y se recostó en la silla para tomar un sorbo de limonada.

El BlackBerry de Donovan empezó a zumbar. Se lo sacó del bolsillo y frunció el ceño al ver la pantalla.

–Tengo que hacer una llamada. ¿Podrás quedarte sola unos minutos?

Ella asintió y él se levantó y abandonó la mesa. Cassidy miró a su alrededor. Nunca le había gustado estar sola en un restaurante.

–¿Cassidy?

Se giró y vio a Emma Graham, su mejor amiga, y a Paul Preston, su marido.

–¡Emma! ¿Cómo estás?

–Muy bien. ¿Estás sola?

–No. Estoy con Donovan.

Emma arqueó las cejas y le dijo a Paul que se reuniría con él en su mesa. Emma no era una persona muy sutil, y Cassidy supo inmediatamente que su mejor amiga estaba preocupada por ella.

–¿Qué ocurre? –preguntó Emma, sentándose en la silla de Donovan–. Ese tío te abandonó estando embarazada. No puedo creer que tenga la poca vergüenza de volver contigo.

–Sabes que él desconocía lo de mi embarazo.

–Cierto. Pero, ¿qué es lo que quiere?

–Casarse conmigo.

Emma abrió los ojos como platos.

–¿Y vas a hacerlo?

Por primera vez, Cassidy sintió un remordimiento de conciencia por lo fácilmente que había capitulado. Pero no podría haber hecho otra cosa, y seguro que Emma entendería, estando casada ella también, que Cassidy quisiera a un hombre en su vida.

–Sí, creo que sí. Quiero decir…

–Aún crees que lo amas.

–¿Quién puede afirmar lo contrario?

Emma se encogió de hombros.

–Nadie, salvo tú. ¿Tenemos que alegrarnos entonces?

Cassidy lo pensó por un momento.

–Todavía no lo sé. Iba a llamarte esta mañana.

–Tengo que ir a Nueva York para una reunión. Podemos hablar hasta las ocho de la noche y seguir mañana a partir de las tres. En cualquier caso, pensaba pasarme por tu casa hoy.

Las dos habían crecido juntas y habían ido al mismo internado en Connecticut. Emma era como la hermana que Cassidy nunca había tenido y que siempre quiso tener.

–¿Le contaste lo del bebé? ¿Por eso quiere volver contigo?

–No. Apareció de repente, sin previo aviso.

–¿Por qué?

–Um... dijo que me echaba de menos –le confesó a su amiga, sintiéndose avergonzada y preguntándose lo que diría Emma.

–¿Y tú te lo crees?

–Pues...

–Sí, Emma. Cassidy me cree, porque le dije que cometí el mayor error de mi vida al permitir que se alejara de mi lado –dijo Donovan a sus espaldas.

–Ya era hora de que te dieras cuenta –dijo Emma–. Si le vuelves a hacer daño tendrás que vértelas conmigo.

Donovan asintió y Emma le dio un abrazo a Cassidy y se marchó. La amenaza podría parecer ridícula viniendo de aquella mujer tan pequeña y delicada, pero Donovan sabía que Emma Graham era capaz de cumplirla.

–Lo siento –le dijo Cassidy mientras él volvía a sentarse.

–No pasa nada. Está preocupada y quiere lo mejor para ti.

–Sí, así es.

Cassidy tomó un sorbo de limonada y miró hacia el océano, y Donovan se dio cuenta de que no bastaba con que hubiera aceptado su proposición. Tenía que.... Demonios, tenía que hacerle alguna promesa que aliviara sus temores.

–Yo también me preocupo y quiero lo mejor para ti –dijo.

Las palabras le sonaron forzadas y poco convincentes. Por esa razón no le gustaba hablar de sus emociones. Se sentía mucho más cómodo en un nivel superficial o hablando exclusivamente de negocios.

–Eso me había imaginado, considerando que me has pedido que me case contigo.

–Eres una chica muy lista.

–No hace falta que seas tan indulgente.

–No lo soy. Eres una de las mujeres más inteligentes que conozco. Fue eso lo primero que me atrajo de ti.

–Vaya, creía que habían sido mis piernas.

En realidad, había sido todo. Sus largas piernas en aquellos pantalones impúdicamente cortos. Su melena oscura y rizada que caía por su espalda como una cascada de seda. Aunque, en honor a la verdad, había sido su risa lo primero que le llamó la atención en aquella cena benéfica. Una risa profunda y desinhibida que le hizo olvidarse de los negocios y unirse al grupo de Cassidy sólo para volver a oírla. Posteriormente, fue su aguda inteligencia lo que terminó de cautivarlo.

–Tus piernas tuvieron parte de la culpa –admitió. Siempre le habían gustado las piernas de las mujeres.

–En mi caso, fueron tus ojos.

–¿Mis ojos? –repitió él, preguntándose qué podría haber visto en ellos.

–Cada vez me que mirabas, me hacías sentirme como si fuera la única persona en la sala.

–Eras la única persona para la que tenía ojos.

–Sí, hasta que llegó Sam y recordaste que era tu rival.

–Eso no es del todo cierto –protestó él, aunque había algo de verdad en la observación.

La relación entre Sam y él se había caracterizado por una rivalidad constante. Habían nacido con una semana de diferencia y Donovan era el menor. Todos los veranos los pasaban con su abuelo, quien siempre los estaba sometiendo a toda clase de retos. Donovan había aprendido muy pronto que la victoria era el único medio para ganarse el reconocimiento de su abuelo.

–Sí, lo es. Me dijiste que harías cualquier cosa para conseguir la vicepresidencia antes que él, y eso hiciste.

–Es cierto. Y me dijiste que te gustaba mi ambición –le recordó él.

–¿Eso dije?

Él asintió, deseando saber qué se le pasaba por la cabeza a Cassidy en esos momentos. Porque tenía el presentimiento de que estaba recordando otras cosas de él. Las cosas que no le gustaban tanto y que se había limitado a tolerar.

Uno de los motivos por los que había permitido que Cassidy se alejara de su lado era que lo hacía sentirse vulnerable, y un hombre no podía permitirse la menor debilidad si quería protegerse. De lo contrario, sus enemigos sabrían por dónde atacarlo.

Quizá aquella forma de pensar fuese excesivamente melodramática para un próspero ejecutivo, pero el moderno mundo de los negocios podía ser tan salvaje como los feudos de la Edad Media donde batallaban los nobles y guerreros. Y Donovan siempre había sabido que era un guerrero. La necesidad de la victoria estaba arraigada en su alma.

–Me gustas cuando eres feliz, y parece que luchar por tus ambiciones te hace serlo.

–Tú también me haces feliz.

Ella inclinó la cabeza hacia un lado.

–¿En serio?

–Por supuesto... ¿Quieres que vayamos a dar un paseo por la playa?

–No. Lo siento, pero tengo los pies hinchados. Ya sé que no suena muy romántico, pero no podré pasear por la playa hasta que haga un poco más de fresco.

–¿Y un paseo en yate? Puedes sentarte en cubierta y sentir la brisa marina en tus cabellos.

Ella dudó.

–¿Qué pasa? –preguntó él en tono apremiante.

–No puedo creer que hayas vuelto a mi vida y que todo siga como si nada hubiera cambiado. Como si los ocho últimos meses no hubieran tenido lugar... Pero muchas cosas han cambiado y... y no sé si puedo confiar en ti igual que antes.

Donovan se frotó el cuello y desvió la mirada. ¿Qué podía decirle? Necesitaba a Cassidy y a su hijo. Y los necesitaba ya. No tenía tiempo para seducirla ni convencerla de que él era el hombre que ella quería en su vida.

Se puso las gafas de sol y se levantó.

–No puedo quedarme de brazos cruzados y fingir que tenemos todo el tiempo del mundo para volver a intimar.

–¿Lo dices por el bebé? –preguntó ella.

Su tono y su mirada reflejaban tanta inquietud que Donovan se sintió impelido a decir lo correcto. El problema era que no servía para decir lo correcto.

–No sólo por el bebé, Cassidy. Hemos perdido ocho meses y ahora sólo tenemos unos días para volver a encontrarnos antes de que nazca nuestro hijo.

Los ojos de Cassidy se llenaron de lágrimas, y Donovan sacudió la cabeza.

–Ya sabes que no se me da bien decir las palabras correctas.

–A veces dices exactamente lo correcto –dijo ella, manteniéndole la mirada.

–No esperes que sea así a menudo.

Ella soltó una risita y le ofreció una temblorosa sonrisa. Parecía cansada, y tan arrebatadoramente hermosa que Donovan deseó estrecharla entre sus brazos y mantenerla abrazada para siempre. Poco le importaba que tuviera que preparar una importante reunión con la junta directiva.

–Salgamos con el yate. Una hora tan sólo.

A Cassidy le encantaba estar en el mar, donde la brisa era más fresca y tonificante. Donovan se había marchado a hablar con el capitán, después de acomodarla en un banco acolchado, y no había regresado desde que zarparon del muelle.

No le importaba, pues así tenía tiempo para recuperarse. Posó una mano sobre el vientre y sintió el pie del bebé contra la pared del estómago. Se sentía abrumada por Donovan y por todo lo que estaba haciendo. Una parte de ella sabía que aquél era su modo de asegurar que se casaría con él y que haría lo que hiciera falta en aquella semana previa a la boda. Así había sido cuando empezaron a salir. Donovan sabía cómo hacerla sentirse única cuando quería.

¿Había confiado demasiado en él?

Su móvil empezó a sonar y miró el número que aparecía en la pantalla. Era Adam. No respondería. No se sentía capaz de soportar un sermón de su hermano mayor en esos momentos, y un sermón sería exactamente lo que recibiría de él. Supuso que su madre había puesto a la familia al corriente sobre el regreso de Donovan y su inminente boda para el fin de semana siguiente.

Y tenía el presentimiento de que sus hermanos no iban a recibir a Donovan con los brazos abiertos.

El teléfono emitió un pitido para avisarla de que tenía un mensaje en el buzón de voz. Lo escucharía más tarde…

–¿Quién era?

–Adam.

–¿No has respondido?

–No me apetece escuchar a otro machista déspota y exigente diciéndome lo que cree que es mejor para mí.

–¿Machista déspota y exigente? ¿Así es como me ves?

–Sí. Llevas intimidándome toda la tarde.

–Eso es porque realmente sé lo que es mejor para ti –dijo él, tendiéndole un vaso de agua mineral con una rodaja de limón.

Ella tomó un sorbo y lo miró con ojos entornados. Se alegró de que el sol brillara con fuerza en el cielo, porque así tenía una excusa para dejarse las gafas de sol puestas.

–No me conoces como antes… ¿Cómo sabes lo que es mejor para mí?

–Te conozco, Cassidy. Sé que eres una persona buena y cariñosa. Sé que siempre has deseado tener una familia y que el trabajo nunca ha sido lo primero para ti, a pesar de trabajar en lo que más te gusta.

Eso era cierto. Su trabajo como encargada de un pequeño museo en Charleston era muy agradable, pero nada podía compararse a la satisfacción de ser madre. Una vez que su hijo naciera, seguiría trabajando a media jornada.

Nunca había intentado negar la importancia que la familia y las relaciones tenían para ella. Su padre y

Adam estaban tan consumidos por sus respectivos trabajos que Cassidy había llegado a despreciar esa clase de compromiso laboral desde que era niña. En su opinión, la vida tenía que ser algo más que trabajo.

–Pero tú no lo sientes igual, ¿verdad? ¿O quizá ha cambiado algo más desde que nos separamos?

–No, no he cambiado mis prioridades. Pero sí las he ampliado para incluir algo más que Tolley-Patterson.

–¿Como qué? Sé que tenías otros intereses empresariales.

–Y los sigo teniendo, naturalmente. También he invertido en el equipo de Gil para la Copa América. Ha diseñado un nuevo prototipo que va a revolucionar las regatas de yates.

–Eso sigue siendo una inversión. ¿En qué has cambiado para poner en primer lugar a las personas y las relaciones?

–Gil es uno de mis más viejos amigos.

–Nunca lo conocí –dijo ella.

Se había percatado de que los amigos de Donovan no lo llamaban a no ser que necesitaran dinero. Aunque había que reconocer que él tampoco fomentaba la amistad íntima. Era un solitario, a pesar de sus contactos sociales y de todas las fiestas a las que asistía. El mundo de Donovan se limitaba a los negocios.

–Lo invitaremos a la boda que celebremos para el resto de la gente –dijo él.

–Estupendo, pero aún no me has convencido de que sabes lo que es mejor para mí.

–No tengo que convencerte con palabras... Voy a demostrártelo con hechos.

–¿Cómo? –preguntó ella, arqueando las cejas.

Él se pasó una mano por el pelo.

–Tendrás que esperar para verlo.

–¿Lo veré?

–Sí –hizo una pausa y ella se preparó, intuyendo que no le iba a gustar lo que venía a continuación–. He llamado a mis padres y los dos estarán en casa esta noche. Creo que deberíamos ir a verlos para contarles lo de la boda.

Cassidy intentó mantener el rostro inexpresivo.

–No será tan horrible... –insistió él.

–A tu madre no le gusto. Para ella mi familia no es de su misma clase social.

–Eso no es cierto. Preguntó por ti después de que rompiéramos.

–¿En serio?

–Sí. Y no podemos casarnos sin la presencia de mis padres. Se llevarían una gran decepción.

Cassidy lo dudaba, pero la familia era muy importante y los padres de Donovan serían los abuelos de su hijo. Tal vez si la madre de Donovan la veía embarazada se mostrara más afable y cordial. No le importaba caerle bien o no, pero odiaba que la familia de Donovan se creyera superior a los demás simplemente porque habían vivido en Charleston desde siempre.

Apretó los dientes y se preparó para enfrentarse a su futura suegra.

Capítulo Tres

La familia de Donovan había vivido en la misma casa durante más de seis generaciones. La mansión había sido construida en 1858 y estaba catalogada como edificio histórico. Los primeros Tolley se habían trasladado a Charleston justo después de la Guerra Civil, y su fortuna se remontaba a aquellos días.

La madre de Donovan era miembro de la Junior League y de la Charleston Preservation Society, y también se enorgullecía de formar parte de la junta directiva de Tolley-Patterson. Era la clase de mujer que nunca tenía un pelo fuera de lugar, y la imagen de la familia era muy importante para ella.

–¿Que vais a casaros, dices? –exclamó, estando sentados en el salón. Tenía un martini en la mano y ofrecía la perfecta imagen de la dama sureña que era.

Cassidy estaba paseando por los jardines con el padre de Donovan. Su embarazo había supuesto una auténtica conmoción para los Tolley, quienes apenas habían podido disimular su reacción. Donovan agradeció que su reservado padre se llevara a su futura nuera para enseñarle su última escultura.

–Sí.

–Creía que habíais roto.

–Y así fue, pero hemos vuelto y vamos a casarnos.

–¿Por el testamento de tu abuelo? Puede que ni siquiera sea hijo tuyo... Donovan, cariño, hay muchas mujeres más dignas de tu posición social con las que podrías casarte.

–Cassidy es digna de nuestra posición, madre. Y es la mujer que he elegido.

–¿Y qué hay del bebé?

–Madre.

–¿Sí?

–Déjalo ya, por favor. Necesito que te alegres por mí y que me apoyes en esto.

–Lo intentaré, cariño. Pero… soy demasiado joven para ser abuela.

–Todo el mundo estará de acuerdo contigo.

–¿Sabes si es niño o niña?

–Niño.

Su madre tomó otro sorbo de martini y esbozó una breve sonrisa. Donovan fue incapaz de leer sus pensamientos.

–¿Su familia asistirá a la boda? No podéis celebrar una gran ceremonia si está a punto de dar a luz.

–No, señora Tolley, no vamos a celebrar una gran ceremonia. Tan sólo una ceremonia íntima en casa de mis padres. Y esperamos contar con su asistencia.

Donovan miró a Cassidy y se encontró con una expresión serena y sonriente. Hasta ese momento nunca había pensado en el desdén que debía de recibir por parte de las familias más antiguas de Charleston. La familia de Cassidy, aunque era mucho más rica que la mayoría, había amasado su fortuna en los últimos veinte años y no contaba con el linaje que tanto valoraban las mujeres de la Junior League.

–He oído que tus padres estaban haciendo obras –dijo su madre–. ¿No has pensado en celebrar la ceremonia aquí, mejor?

Cassidy miró a Donovan, quien se encogió de hombros. Todo el mundo sabía lo del estuco rosa con que habían pintado la mansión de los Franzone. Dos semanas de artículos sobre aquella monstruosidad se habían encargado de ello.

Los Franzone estaban librando una ardua batalla con su contratista para que repintara la casa. El color era tan chillón que los vecinos se habían quejado al Ayuntamiento con la esperanza de que hicieran algo enseguida, en vez de esperar a los trámites legales.

–Gracias por su amable oferta, pero mi madre ya ha empezado con los preparativos.

–Muy bien. ¿Cuándo será la ceremonia?

Por el tono de su madre, Donovan sabía que no estaba muy contenta, pero no le importaba. Necesitaba que Cassidy fuera su esposa. Y su madre nunca aceptaría de buen grado verse emparentada con los Franzone.

–Este sábado, madre –dijo. Se acercó a Cassidy y la rodeó con un brazo para apretarla contra él.

–¿Dónde está tu padre?

–Ha vuelto a su estudio –respondió Cassidy–. Me ha enseñado la escultura que está haciendo para el museo Myerson.

–¿Ah, sí? –Donovan y su padre no tenían una relación muy íntima, pero había esperado que aquel día, en el que había ido a verlos para anunciar su compromiso, su padre saliera de su estudio durante más de una hora y pasara un rato con él. Pero eso era impensable, y Donovan era lo bastante mayor para aceptarlo.

La relación que tenían sus padres tampoco era mucho mejor. Se habían casado porque su abuelo había querido fusionar Tolley Industries y Patterson Manufacturing, y Donovan siempre había sido consciente de que no se profesaban el menor afecto. Su padre siempre estaba impaciente por volver a su estudio a trabajar en sus esculturas.

–Sí. Falta mucho para que esté acabada, pero ya se puede apreciar que será una maravilla.

–Estoy seguro –dijo Donovan–. Madre, ¿te gustaría venir a cenar con nosotros?

–No, gracias, Donovan. Esta noche tengo partida de bridge.

–Entonces, ¿te veremos el sábado? ¿En casa de los Franzone?

–Por supuesto. ¿A qué hora?

Cassidy sacó su BlackBerry y pulsó unos botones.

–A las seis y media, señora Tolley. Después habrá una cena.

–¿Necesitáis que os ayude en algo?

–No, gracias. Lo tenemos todo bajo control.

Se despidieron y Cassidy respiró profundamente al salir.

–¿Qué?

–Nada.

–Dímelo, Cassidy.

–¿De verdad tengo que decirte lo esnob que me parece tu madre? Seguramente le dará un ataque al corazón cuando descubra que Emma va a ser uno de los testigos en la boda.

–Emma no es de la familia.

–No tengo hermanas, y ya sabes que ella es como una hermana para mí –sonrió tímidamente–. ¿Quieres que le pida a uno de mis hermanos que sea el padrino?

Donovan la miró fijamente. No había pensado en quién debería ser su testigo.

–¿Cuál de ellos?

–Adam es la opción más sensata. Ya lo conoces.

Se conocían, pero no se llevaban muy bien. Desde que Donovan empezó a salir con Cassidy, Adam le había estado diciendo que no era lo bastante bueno para ella.

No quería tenerlo cerca de él en su boda, pero si eso significaba hacer feliz a Cassidy, tendría que aguantarlo.

–Que sea Adam.

Donovan guardó silencio mientras se alejaban en el coche de casa de sus padres. Cassidy se preguntó si estaría cometiendo el mayor error de su vida. Hasta ese momento había visto a Donovan como quería que fuera. Pero al verlo con su madre, tan arrogante y seguro de sí mismo…

–¿En qué piensas? –le preguntó él.

–En nada –respondió ella. Varias dudas seguían acosándola. Por más que lo intentaba, no podía ignorar un mal presentimiento.

–Así que es algo que no quieres compartir conmigo –dijo él con voz grave y profunda.

–¿Cómo sabes que estoy pensando en algo?

–Porque siempre estás dándole vueltas a tu cabecita. ¿Es por algo del trabajo?

–No. Últimamente he estado trabajando con una artista, Sandra Paulo, que no volverá hasta un mes después de que el bebé haya nacido. Y es una colaboradora excelente. Entregó todos sus cuadros con tiempo suficiente para que yo pudiera organizar la exposición antes de pedir mi baja por maternidad.

–Y si no es el trabajo… ¿es la familia?

–¿La familia de quién?

–La tuya o la mía.

–No, no exactamente. Quiero decir, tu madre es una esnob… ese tono al hablar de la ceremonia en casa de mis padres era demasiado evidente.

–Simplemente está acostumbrada a hacer las cosas de una determinada manera.

–Sí, supongo. Tu familia le da demasiada importancia al linaje.

Donovan se encogió de hombros.

–¿En eso estabas pensando? No puedo cambiar la actitud de mi madre.

–Lo sé. Es parte de su naturaleza. En realidad no me molesta. Sólo lo comento porque tú has sacado el tema.

–Yo no he sacado el tema. Sólo te he preguntado en qué estabas pensando, y aún no me has respondido.

–Eso es porque hace un día precioso y no me apetece iniciar una discusión.

Donovan la miró y arqueó una ceja.

–No quiero discutir contigo, Cassidy.

–Ya lo sé. Estás muy tranquilo y callado, como si todo fuera sobre ruedas.

–Parezco tan enfurruñado como un niño de dos años.

Cassidy se obligó a no sonreír.

–Bueno... la comparación te hace justicia, desde luego.

Él alargó una mano y le hizo cosquillas en el muslo, haciéndola retorcerse en el asiento.

–¡Para, Donovan! –le suplicó, sacudida por la risa.

–No hasta que retires lo que has dicho.

–Está bien, lo retiro –cedió. Él dejó de torturarla y le acarició la cara interna del muslo antes de retirar la mano.

–Eres increíblemente sexy –murmuró con una voz cargada de deseo.

–No soy sexy. Estoy más gorda que una ballena.

Donovan sacó el coche de la carretera y se detuvo bajo una farola.

–Mírame, Cassidy.

Ella obedeció. Nunca se había preocupado por su físico, pero cuanto más crecía su vientre mientras sus amigas estaban cada vez más delgadas, más consciente era de su talla. Y tampoco la había ayudado estar sola todos esos meses.

Donovan se inclinó sobre ella y desabrochó los cinturones de seguridad para abrazarla.

–Eres la única mujer en el mundo que siempre me resultará hermosa. Ya sea recién levantada, con la piel quemada o los ojos hinchados –le echó la cabeza hacia atrás y se inclinó para besarla–. Siempre has sido preciosa, Cassidy, pero nunca tanto como ahora. Estás llevando a mi hijo en tu interior –se retiró y le puso una mano en el vientre–. Creía que los negocios eran mi único objetivo en la vida, pero cuando nuestro bebé me dio una patada la otra noche… fue como un despertar.

–¿Un despertar cómo? –preguntó ella, desesperada por saberlo y entenderlo.

¿Donovan había vuelto porque realmente había cambiado y la necesitaba en su vida igual que ella lo necesitaba a él? Su respuesta podía cambiarlo todo y hacer que se olvidara de sus dudas para siempre.

–Me hizo darme cuenta de que nuestros destinos estaban unidos. Y me hizo ver que tenía la oportunidad de dejar tras de mí algo más que Tolley-Patterson.

Cassidy se dispuso a hacerle otra pregunta, pero él la hizo callar con su boca. El beso fue dulce y suave, pero no vacilante. Fue como una promesa. La promesa de una vida en común que podían construir juntos con su hijo.

Le atrapó el labio inferior entre sus dientes y la mordisqueó ligeramente. Ella se retorció en sus brazos, intentando acercarse más, pero el reducido interior del coche lo hacía imposible.

Él gimió y llevó las manos hasta sus pechos, tan ultrasensibles al tacto que una oleada de deseo le recorrió el cuerpo.

–Donovan –murmuró, aferrándose con fuerza a sus hombros.

–Te deseo... Dios, cuánto te deseo...

–Yo también te deseo –dijo ella, pensando en todas las fantasías sexuales que había tenido con él durante su embarazo.

Él volvió a besarla, pero esa vez lo hizo con una pasión tan apremiante que si no hubieran estado en los asientos delanteros de su coche no habrían acabado hasta que él estuviese dentro de ella. Pero finalmente Donovan se retiró y volvió a abrocharle el cinturón de seguridad.

–No te preocupes por nada, Cassidy. Esta vez lo vamos a hacer bien, y no voy a dejar que te alejes de mí.

Volvió a poner el coche en marcha y Cassidy se permitió una sonrisa, creyendo en sus palabras y en el futuro que los aguardaba.

Donovan dejó a Cassidy en su casa y se dio la vuelta para marcharse. Tenía una reunión con los directivos a primera hora de la mañana y necesitaba preparar algunos papeles. Pero algo lo hizo mirar atrás de camino al coche.

Cassidy estaba de pie en la puerta, observándolo mientras se tocaba el labio inferior, hinchado. Sus miradas se encontraron y él supo que cumpliría la promesa que le había hecho en el coche.

Pero no era ésa la razón por la que se le revolvía el estómago. No, la razón era el verdadero motivo por el que le había hecho esas promesas... no porque tuviera una fe absoluta en su amor, sino porque no podría convertirse en el director general de Tolley-Patterson sin Cassidy a su lado. Nunca perdía la concentración en su trabajo, pero en aquellos momentos se sentía desgarrado entre la necesidad y el deseo. Quería quedarse con Cassidy, aunque tuviera informes que analizar.

Sacudió la cabeza y se subió al coche. El trabajo era lo más importante en su vida. Superar el último desafío que su abuelo les había planteado a él y a Sam era lo que necesitaba.

Miró por el espejo retrovisor y, al ver a Cassidy apoyada pesadamente contra el marco de la puerta, supo que la había decepcionado. Pero en vez de volver con ella, marcó un número en el teléfono del coche.

Marcus Ware respondió al tercer tono, como era de prever. Marcus era la mano derecha de Donovan y lo movía la misma ambición que a él.

–Ponme al corriente de los problemas de producción en la Costa Oeste –le ordenó Donovan sin más preámbulo.

–La situación no tiene buena pinta. Alguien tiene que ir allí y ocuparse del problema. Jose ha intentado negociar con los trabajadores, pero no ha conseguido gran cosa.

Lo último que Donovan necesitaba en esos momentos era un viaje a la Costa Oeste. Era miércoles, y Cassidy y él se casaban el sábado.

–Marcus, voy a casarme este fin de semana.

–Lo sé, señor.

Donovan había informado de la boda a Marcus para asegurarse de cumplir con todos los términos del testamento, y le había dado instrucciones precisas para que no lo comentara con nadie.

–Necesito tener resuelto este problema para mañana.

–Por eso he hecho una reserva para el siguiente vuelo a San Francisco. No voy a levantarme de la mesa hasta que hayamos alcanzado una solución.

–Llámame cuando tengas algo.

–Lo haré, señor.

Donovan apagó el teléfono. Sabía que podía confiar en Marcus. El joven le recordaba mucho a él, y ésa era una de las razones por las que lo había contratado. Cada vez que Donovan era ascendido se ocupaba de ascender a su vez a Marcus. Y si Marcus se ocupaba con éxito de la operación en la Costa Oeste, Donovan tenía intención de que ocupara su puesto cuando él se convirtiera en director general.

Y no había duda de que sería el director general. Cassidy ya estaba embarazada y todos los detalles se iban resolviendo. Entonces, ¿por qué se sentía vacío por dentro?

Su teléfono móvil empezó a sonar y miró el identificador de llamada antes de responder.

–Hola, Sam. ¿Qué pasa?

–Mi madre me acaba de llamar... Así que has vuelto con Cassidy Franzone –no era una pregunta.

–Así es.

–Ya sabes que el comité no aprueba a su familia.

–El testamento del abuelo sólo dice que el director general debe estar casado y tener un heredero. No dice nada sobre el tipo de familia del que proceda su mujer.

Hubo un silencio al otro lado de la línea.

–Pero todo el mundo da por hecho que te casarás con alguien del viejo Charleston.

–Entonces es que no me conocen muy bien, ¿no te parece?

Se abstuvo de decirle que la boda ya estaba concertada. La competición seguiría hasta el final.

–No, la gente no te conoce. Pero yo sí –dijo Sam–. Pareces muy seguro de ti mismo.

–Soy el mejor para tomar las riendas de la empresa, y al final a todo el mundo le interesa más el dinero que las relaciones sociales.

Sam carraspeó.

–No eres el mejor, Donovan.

–¿Acaso crees que lo eres tú?

–Sabes que lo soy, porque yo sé que para triunfar en los negocios debes tener una vida fuera de la oficina. Tienes que conocer el mundo al que le vendemos nuestros productos.

Donovan no estaba de acuerdo, pero Sam había perdido su afán competitivo cuatro años antes, cuando se casó con Marylin. Desde entonces había respetado escrupulosamente su horario laboral, volviendo a casa con su mujer cada noche. Donovan sabía que mucha gente creía en el equilibrio, pero a él le parecía una teoría absurda.

–Bueno, ya veremos lo que decide el comité cuando se reúna en enero.

–Sí, ya lo veremos. Buena suerte –colgó y Donovan siguió conduciendo, preguntándose si valía la pena preocuparse por la conversación con Sam. No le había contado a nadie el embarazo de Cassidy, pero no sabía si su madre habría guardado silencio. No era probable que le hubiera dicho nada a su hermana, la madre de Sam, porque la boda de su hijo con su novia embarazada no era algo de lo que quisiera jactarse.

Por primera vez en muchos años, Donovan pensó en sus sueños y se dio cuenta de que el hogar y la familia nunca habían formado parte de ellos. Y con su abuelo muerto, ya no sabía lo que estaba buscando. La aprobación del viejo estaría siempre fuera de su alcance.

Capítulo Cuatro

–No me gusta la manera que ha tenido de volver contigo –dijo Adam.

Era el mismo argumento que llevaba oyendo desde que llamó a sus hermanos para decirles que iba a casarse con Donovan. Al menos su madre se alegraba por ella. Su padre se encontraba fuera de la ciudad y le había enviado una nota diciendo que esperaba que la casa estuviera pintada para el día de la boda. Cassidy intentó fingir que no le importaba que su padre estuviera más preocupado por los negocios que por ella, pero en el fondo le dolía mucho.

–Me prometiste que no empezarías otra discusión.

–No estoy empezando nada, Cassie –dijo Adam, sentándose junto a ella en el sofá y rodeándola con un brazo–. No quiero que vuelvan a hacerte daño, eso es todo.

–Nadie va a hacerme daño. Criar a mi bebé junto a su padre es lo que he querido desde que supe que estaba embarazada.

–No entiendo por qué te dejó –dijo Lucas, su otro hermano–. Y ahora ha vuelto de repente.

Cassidy nunca le había dicho a su familia que Donovan no quería tener hijos. Se había guardado la verdad para ella, pues había sido un golpe demasiado duro. Pero ahora se daba cuenta de que su familia debía de haberlo imaginado, por el modo en que había acabado la relación.

–No fue por el bebé –dijo ella.

–Claro que no –corroboró Lucas–. Fue porque no estaba preparado para ser padre.

Lucas estaba casado y tenía tres hijos. Había sido padre desde los veintiún años, y a los treinta era un experto en temas familiares. Adam era tres años mayor que Lucas y estaba casado con su trabajo.

Sus hermanos tenían mucho en común con Donovan. Los tres ejemplificaban a la perfección la dedicación masculina a la familia o al trabajo. Especialmente si el trabajo incluía un negocio familiar.

–Puede ser. No todos los hombres son como tú. Sólo porque necesitara tiempo para pensarlo no significa nada.

–Tener esposa e hijos no es fácil para algunos hombres –dijo Adam–. Yo no podría hacerlo. Para mí el trabajo es lo primero, igual que para papá.

Lucas asintió. Cassidy recordaba todas las ocasiones especiales a las que su padre había asistido. Las recordaba muy bien porque sólo habían sido dos... La graduación de Adam al acabar el instituto y la de Lucas en la universidad. Su padre siempre había puesto los negocios por delante de ellos.

Apoyó la cabeza en las manos. Las cosas que Donovan había dicho desde su regreso le hacían creer que había cambiado y que iba a formar parte de su vida y de la de su hijo.

¿Podría hacer ella lo que había hecho su propia madre? ¿Podría mirar el rostro de decepción de sus hijos cuando su padre volviera a perderse una función del colegio?

–Tengo que hablar con Donovan.

–¿Ahora? ¿Por qué? ¿Tienes dudas? –preguntó Adam–. En ese caso vamos a decirle que la ceremonia se ha cancelado –se levantó y se dirigió hacia la puerta.

–No, Adam. Sólo quiero hablar con él.

–Beth estaba muy nerviosa el día de nuestra boda –dijo Lucas–. Aunque nuestra situación no difería mucho de la vuestra.

La mujer de Lucas también había llegado embarazada al día de su boda... no tanto como Cassidy, pero embarazada al fin y al cabo.

–¿Eres feliz, Lucas?

–Ya sabes que sí. Pero al principio fue muy difícil –se acercó a ella y la abrazó–. Donovan no te habría pedido que te cases con él si no quisiera que vuestra relación salga adelante.

Ella asintió. Lucas siempre había sido el más sensato. Su prioridad era la familia, y su trabajo no le impedía entrenar al equipo de sus hijos y asistir a todos los eventos escolares.

–¿Podéis dejarme sola unos minutos?

Lucas volvió a abrazarla y asintió. Los dos hermanos salieron de la habitación y Cassidy se acercó a las puertas acristaladas que daban al jardín, en cuyo centro se levantaba un bonito cenador con vistas al océano. Las sillas estaban dispuestas para los pocos invitados que asistirían, y las flores decoraban la celosía blanca que rodeaba el cenador.

El jardín trasero parecía sacado de la revista *Bride's*... si se ignoraba la casa pintada de rosa. Cassidy quería creer en la perfecta imagen de cuento de hadas, pero era realista. Las imágenes idílicas sólo eran imágenes.

No sabía dónde estaba Donovan, de modo que lo llamó a su teléfono móvil. Mientras esperaba que respondiera intentó pensar en la mejor manera de formular sus preguntas, pero no conseguía encontrar las palabras.

–¿Diga?

–Hola, soy yo.

–Hola. ¿Todo está en orden?

El tono de preocupación de su voz le recordó su mezcla de sentimientos hacia él. Donovan se comportaba así a veces, pero entonces recordó cómo la había besado apasionadamente para luego dejarla en la puerta. ¿Tenía una especie de interruptor en su interior que podía encender y apagar a su antojo? ¿Cómo afectaría a su hijo tener un padre así?

–¿Cassidy?

–Tengo que preguntarte algo. No estoy segura de cuál quiero que sea tu respuesta, pero es importante, ¿de acuerdo?

–Claro. Adelante.

–¿Qué clase de padre vas a ser? ¿Vas a estar siempre ocupado cuando nuestro hijo tenga una función en la escuela, o vas a sacar tiempo para él?

–Espera un momento –Cassidy oyó el chirrido de una silla y las pisadas en el suelo de madera. Donovan debía de estar en el estudio de su padre. Un segundo más tarde oyó cerrarse una puerta–. No lo sé.

–Oh.

–Cassidy, hace menos de una semana que descubrí que voy a ser padre. Aquella noche fui a tu casa con la intención de pedirte que te casaras conmigo, pero aparte de eso no he tenido tiempo para pensar en nuestro hijo.

–Y si piensas ahora mismo en él, ¿cuál es tu primera reacción?

Oyó cómo Donovan respiraba hondo.

–Mi reacción es decirte lo que sé que quieres oír. Pero no quiero mentirte, Cassidy. No sé qué clase de padre voy a ser. Sé que quiero tener a nuestro hijo y ser parte de su vida, pero el trabajo siempre ha sido mi prioridad. No puedo prometerte que cambiaré, pero sí te prometo que lo intentaré.

Cassidy aflojó la mano que sostenía el auricular y pensó en lo que acababa de oír.

–No voy a permitirte que fracases en esto, Donovan. Mi padre… nunca tuvo tiempo para nosotros. Ahora intenta compensarlo, pero sólo lo hace porque se siente culpable. Voy a insistirte en que seas parte de la vida de tu hijo.

–Estupendo –dijo él–. Juntos haremos que esto funcione.

Donovan recorrió con la mirada el pequeño grupo de personas que se había congregado en el jardín trasero de los Franzone para celebrar su boda con

Cassidy. Tony Franzone se había apartado para hablar por su teléfono móvil. Aquel hombre era mucho mejor padre de lo que Cassidy creía. Había hablado con Donovan y le había dejado muy claro que se las vería con él si se le ocurría volver a hacerle daño a su hija.

Buscó a sus propios padres entre la concurrencia y los encontró sentados solos, sin hablarse entre ellos y mirando a la gente que los rodeaba. Su madre no se molestó en disimular un estremecimiento al mirar la mansión de los Franzone.

La numerosa familia de Donovan nunca había estado unida, y era improbable que alguna vez lo estuviera. Donovan se dijo a sí mismo que no le importaba la carencia de afecto familiar, pero una parte de él lamentaba que no hubiera más parientes suyos en su boda.

Aunque él tampoco había invitado a muchos. Necesitaba mantener el matrimonio en secreto hasta que estuviera listo para hablar con la junta directiva.

Marcus había resuelto el problema de la Costa Oeste el jueves y había vuelto a la oficina el viernes. Donovan había recibido una llamada nocturna de su tío Brant felicitándolo por haberse ocupado del delicado asunto. Brant había insinuado que el matrimonio era lo único que separaba a Donovan del puesto de director. Donovan había estado a punto de hablarle a su tío de la boda, pero había decidido que la discreción era lo más recomendable de momento.

Vio a Adam Franzone acercarse y se endureció para resistir la inminente confrontación.

–¿Estás seguro de que quieres casarte con mi hermana? –le preguntó Adam en los escalones del cenador.

–Tan seguro como se puede estar –respondió Donovan.

–Vuelve a hacerle daño y te arrepentirás el resto de tu vida.

–No le hice daño a propósito hace ocho meses. Le propuse matrimonio y ella me rechazó.

–¿Ella te rechazó? –preguntó Adam.

–Sí, así fue –afirmó Donovan. Sabía que lo había rechazado por la negativa que él había mostrado a tener una familia–. Cuidaré de Cassidy.

–Más te vale.

–¿Me estás amenazando? –preguntó, aunque sabía que él haría lo mismo si Cassidy fuera su hermana y otro hombre la hubiera abandonado.

–Sí –respondió Adam claramente–. Debería haberlo hecho la primera vez que saliste con ella. Sabía que eras la clase de hombre que siempre antepone su éxito personal a todo lo demás.

–Lo mismo podría decirse de cualquier próspero ejecutivo. Y eso es lo que quieren las mujeres, Adam. Éxito.

–También quieren a un hombre que sea capaz de alternar el trabajo con la familia.

–No veo ningún anillo en tu dedo. ¿Qué te convierte en un experto sobre el tema?

–Precisamente el hecho de no llevar anillo. Me he pasado toda la vida evitando la situación en la que tú estás ahora porque para mí el trabajo siempre es lo primero.

Igual que para Donovan… Por eso había dejado que Cassidy se fuera. Porque había sabido que podría interponerse en su camino al éxito.

No quería tener aquella discusión con Adam. La presión a la que estaba sometido en el trabajo para asegurarse de que todo saliera bien era insoportable.

–Si fuera cualquier otra mujer, no me casaría con ella –dijo, sorprendiéndose a sí mismo por la sinceridad de sus palabras.

El testamento de su abuelo era una buena excusa para volver con ella, pero en realidad había deseado a Cassidy desde mucho antes. Y ahora que la había recuperado, no estaba dispuesto a perderla otra vez.

La música empezó a sonar y Donovan vio a Emma caminando por el pasillo entre las filas de asientos. Y detrás de ella, Cassidy, tan hermosa que Donovan se olvidó de respirar por unos segundos. Aquella mujer iba a ser su esposa, y estaba embarazada de su hijo… Cuando llegó junto a él y lo miró con una expresión radiante, Donovan supo que nunca querría defraudarla.

Nunca sabría que había vuelto con ella por un testamento. Y que no sólo se casaba con ella porque deseaba hacerlo, sino porque su trabajo se lo exigía.

La falta de sinceridad pesaba terriblemente sobre él. Tendría que compensarlo con sus acciones. Iba a casarse con ella, y eso era lo que ella siempre había querido. Y haría lo posible por ser un buen marido y un buen padre. Pero una parte de él… el hombre que una vez fue su amante… sabía que Cassidy nunca iba a ver una mentira compensada por nada.

Al tomarla de la mano y girarse hacia el pastor, se juró a sí mismo que se emplearía a fondo para que, en el caso de que Cassidy descubriera la verdadera razón por la que había vuelto con ella, no le importara.

Mientras el pastor conducía la ceremonia, el nudo que se le había formado a Donovan en el pecho se tensaba más y más. Oyó las palabras que había oído cientos de veces en otras bodas, pero aquella vez penetraban en su interior, resonando por todo su cuerpo. Apretó la mano de Cassidy y ella levantó la mirada hacia él.

–¿Estás bien? –articuló con los labios.

Él asintió. Pero, ¿era cierto? El matrimonio no era algo que pudiera ser tomado a la ligera. Aquél era el peor momento para tener dudas, pero quizá casarse con Cassidy no fuera la única solución…

Entonces el pastor le preguntó si aceptaba a Cassidy como esposa y todos los restos de pánico e inseguridad se esfumaron al instante. Cassidy ya era suya, y aquella ceremonia no hacía otra cosa que confirmarlo ante el mundo.

–Sí, acepto.

Cassidy le sonrió y aquello bastó para tranquilizarlo del todo. Donovan no era un hombre que mirase al pasado y se lamentara por las elecciones que había tomado. Era un hombre que miraba hacia delante y modelaba su propio destino. Y en aquel momento, con aquella mujer, estaba donde quería estar.

El resto de la ceremonia transcurrió rápidamente, y antes de que se diera cuenta, el pastor le estaba diciendo que podía besar a la novia.

Estrechó a Cassidy entre sus brazos y sintió el choque de su vientre contra su estómago. Inclinó la cabeza y ella se puso de puntillas para recibirlo. Donovan le acarició la boca con la lengua, ella se aferró a sus hombros y él la echó sobre su brazo para besarla y reclamarla como suya... Cassidy Franzone... no, Cassidy Tolley. Su esposa, su mujer, la madre de su hijo.

–Cassidy, ¿tienes un minuto?

–Claro. ¿Qué ocurre?

–He oído algo que... No quiero estropear el día de tu boda, pero...

–Dímelo, Emma. Sea lo que sea.

–Um... algo extraño está pasando en Tolley-Patterson.

–¿Algo extraño como qué?

–No conozco los detalles, pero uno de los abogados de mi padre, Jacob Eldred, se ocupó de redactar el testamento de Maxwell Patterson. La otra noche estuve hablando con algunos socios en una fiesta que daban mis padres y, cuando comenté que iba a asistir a tu boda, dijeron algo sobre el testamento de Maxwell.

–¿El testamento de su abuelo?

–No pude averiguar más. Cuando empecé a indagar, se dieron cuenta de que no debían hablar conmigo sobre el tema, de modo que le pregunté a mi padre. Pero ya sabes cómo es.

Cassidy se sentó. Emma también lo hizo y la tomó de la mano.

–No... no sé qué pensar.

–Lo sé, Cassidy. Puede que sólo sean negocios, pero él ha aparecido tan repentinamente…

–No creo que nuestra boda tenga nada que ver con su trabajo. A su abuelo le gustaba que Donovan fuera soltero.

–Tienes razón. Sólo quería que lo supieras.

–¿Saber qué? –preguntó Donovan, apareciendo tras ellas.

–Nada, Donovan. Un simple comentario que oí sobre ti y el testamento de tu abuelo.

Cassidy no estuvo segura, pero le pareció que Donovan se ponía pálido.

–¿Qué comentario?

–Nada en concreto, pero me pareció un poco extraño.

–Bueno, se trata de uno de esos testamentos anticuados del sur. No hay nada de lo que preocuparse.

Emma y Donovan nunca habían sido muy amigos. Cassidy deseaba que pudieran encontrar la manera de llevarse bien, pero tampoco le preocupaba mucho. No tenían por qué ser grandes amigos para que ella siguiera teniendo una buena relación con cada uno de ellos por separado.

–Pues claro que no. Son negocios y esto es algo personal –le dijo a Donovan, quien la tomó de la mano y la hizo ponerse en pie–. ¿Me necesitas para alguna cosa?

–Quería bailar contigo –dijo él–. ¿Nos disculpas, Emma?

Emma asintió, pero Cassidy tuvo el presentimiento de que el asunto aún no estaba zanjado. Las palabras de Emma le habían provocado inquietud, pero ya hablaría de ello con Donovan más tarde. Aquella noche sólo quería disfrutar de su fiesta, aferrarse a la ilusión de que Donovan era su príncipe azul y embarcarse en una vida de ensueño a su lado.

La banda empezó a tocar *Do You Remember,* de Jack Jonson, y Cassidy echó la cabeza hacia atrás.

–¿La has pedido tú?

–Sí. No se me ocurría una canción mejor para nuestra primera noche como marido y mujer.

A ella siempre le había gustado esa canción. Le inspiraba la sensación de que una pareja podía estar unida para siempre... y ése siempre había sido su deseo para Donovan y ella.

–No creía que te acordaras de lo mucho que me gusta esta canción.

–Lo recuerdo todo de ti, Cassidy.

A veces, cuando le decía cosas como ésa, Cassidy sabía que sus dudas eran infundadas. Él la abrazó y empezó a cantar al mismo tiempo que el cantante. Su voz reverberaba en el interior de Cassidy, haciéndola sentirse maravillosamente bien. Le encantaba estar en sus brazos. Había echado muchísimo de menos aquella sensación tan deliciosa. Suspiró y se acurrucó contra él.

–¿Estás bien?

–Sí. Echaba de menos tener tus brazos rodeándome.

–Yo también –dijo él–. Nunca más volveremos a dormir separados.

A Cassidy le encantaba cómo sonaba eso. Pero sabía que Donovan siempre estaba viajando por negocios, por lo que dudaba de la veracidad de aquellas palabras.

Había creído que la boda aliviaría algunas de sus inquietudes, pero en vez de eso descubrió que seguían aumentando.

–¿No quieres? –le preguntó él.

–Sí, sí quiero. He echado de menos dormir a tu lado.

–Me parece detectar una ligera duda en tu voz.

–No hay dudas. Sólo estaba pensando en cómo nuestras vidas se apartan a veces del camino que queremos.

–¿Yo también?

–Especialmente tú.

–¿Qué puedo hacer para aliviar esos temores?

Ella se encogió de hombros.

–No lo sé. Últimamente me preocupo por muchas cosas.

–¿Qué te ha dicho Emma? –le preguntó él mientras la banda empezaba a interpretar un viejo tema de Dean Martin, *Return to Me.* Cassidy sospechó que alguno de sus hermanos la había pedido, pues era la canción de boda de sus padres.

–Algo sobre el testamento de tu abuelo.

–¿De qué se trata?

–Sólo me dijo que era un poco extraño... ¿No te parece que mis padres están muy guapos?

–Tu madre sí.

–Mi padre no está tan mal. Me alegra que haya podido venir hoy. Tenían algunos problemas con el sindicato de trabajadores.

–Tu padre es un tipo duro. A mí también me alegra que haya venido.

–Con mi madre siempre parece distinto.

–La quiere mucho –dijo Donovan–. Por eso es distinto.

–Sí, la quiere. Por mucho que nos defraudara a nosotros, nunca le falló a mi madre.

–Seguramente hizo lo que pudo para ser un buen padre.

–Lo sé. No me quejo. Pero si hubiera sido con nosotros igual que es con mi madre...

No sabía si habría supuesto alguna diferencia. Pensó en Adam y en su férrea convicción de que no podría ser padre y ejecutivo a la vez, y luego pensó en cómo Donovan iba a ser ambas cosas.

Donovan era un hombre que nunca permitía que lo vencieran. Ni ella, ni su primo, ni sus rivales en los negocios. ¿Qué clase de padre iba a ser?

Pensó en el futuro. ¿Estarían bailando algún día en la boda de su hijo, o estarían divorciados? Dos extraños mirándose a través de la pista de baile, recordando aquel momento de su juventud...

–¿Cassidy?

–¿Hmm?

–No te preocupes por nada. Ahora estamos juntos, y eso es todo lo que importa.

Cassidy deseaba creerlo, pero una parte de ella temía que estar juntos nunca fuera suficiente.

Capítulo Cinco

Cassidy se había imaginado muchas veces su noche de bodas cuando era joven. Ahora, mirándose a sí misma en el espejo del cuarto de baño, vestida con un picardías holgado, se sentía… asustada. Había hecho el amor con Donovan muchas veces, pero él no la había visto desnuda desde que se quedó embarazada.

Y no estaba segura de que pudiera hacer el amor con él. Tenía el vientre muy tenso y no podía dejar de temblar. Seguramente por culpa de lo que Emma le había dicho. ¿Conocía los verdaderos motivos que Donovan había tenido para volver con ella?

Sólo los que él le había dicho.

¿Confiaba en él? Sí, sabía que confiaba en él… Lo único que tenía que hacer era olvidarse de sus temores y disfrutar en su compañía.

En ese momento llamaron a la puerta.

–¿Has acabado?

–Sí. Sólo me estoy lavando la cara –respondió ella, abriendo el grifo para ser más creíble.

Oyó cómo la puerta se abría tras ella y se inclinó para hacer cuenco con las manos bajo el chorro. Pero entonces se quedó paralizada. Donovan se había quitado la camisa y sólo se había dejado los pantalones.

Su aspecto era increíblemente sexy, y lo único que Cassidy quería era estar lo más cerca posible de él, rodearle la cintura con los brazos y apoyar la cabeza contra su pecho para olvidarse de todo lo demás.

–¿Por qué te escondes aquí?

–No me estoy escondiendo. Sólo quería... Bien, lo admito. Me estoy escondiendo. Nunca me has visto embarazada. Se supone que la noche de bodas tiene que ser romántica, pero yo no me siento romántica en absoluto.

–No pasa nada. Sal del baño y deja que yo me ocupe de todo.

Abrió los brazos y ella se refugió en ellos. El bebé pateó y Donovan posó una mano en su vientre por unos segundos. Entonces la levantó en brazos y cruzó la lujosa suite del hotel hasta la gran cama de matrimonio, donde la posó suavemente en el centro.

Se tendió a su lado y apoyó la cabeza en la mano para mirarla fijamente.

–Pareces muy serio.

–Sólo estoy mirando a mi esposa...

Su marido. Cassidy no se había permitido pensar en ello, porque una parte de ella aún no se creía que hubieran llegado al altar. Una boda íntima y familiar le había parecido buena idea al principio, pero ahora su relación parecía un secreto. Donovan ni siquiera había querido publicar un anuncio en el periódico sobre la boda.

–Piensas demasiado –dijo él, inclinándose para rozarle la ceja con la punta de un dedo.

–Donovan...

Dejó de hablar al sentir su boca en el cuello. No quería tener una conversación trascendental aquella noche. Sólo quería estar en sus brazos.

Llevó las manos a su nuca y sintió sus cabellos contra la piel y su cálido aliento abrasándole el cuello.

Se giró de costado y se apretó contra su cuerpo. Él le puso una mano en la cadera y le deslizó el picardías por las piernas hacia arriba.

–Levántate un poco.

Ella obedeció y él le quitó el picardías sobre la cabeza, dejándola completamente desnuda salvo por las braguitas. Deslizó el dedo desde el cuello hasta los pechos, más grandes de lo que nunca habían sido, y se agachó para capturar un endurecido pezón entre sus labios mientras con la mano le pellizcaba el otro pecho, haciéndola arquearse contra él con un gemido de placer.

Levantó la cabeza y le rozó los pechos hinchados y húmedos con su torso.

–¿Te gusta?

–Sí –murmuró ella.

–Te deseo, Cassidy.

Ella deslizó la mano hacia abajo y le rodeó la erección con los dedos.

–Ya lo veo.

–Eres condenadamente sexy. Llevaba pensando en este momento todo el día.

–¿En serio?

–Mmm, hmm –murmuró él, volviendo a llenarse la boca con su pecho. Siguió besándola hacia abajo, sobre el vientre abultado, y se detuvo para susurrar algo en voz tan débil que ella no pudo oírlo.

A continuación, se arrodilló entre sus piernas y le acarició todo el cuerpo, desde el cuello y el esternón hasta su sexo.

–¿Me deseas?

–Sí –respondió ella, moviendo las piernas sobre la cama.

Él llevó la boca hasta su carne y empezó a lamer y sorber con una delicadeza exquisita. Le separó los muslos con las manos y le acarició suavemente la piel mientras se acercaba a su entrepierna. Introdujo un dedo entre sus pliegues y lo extrajo empapado de su humedad para llevárselo a la boca.

–Echaba de menos tu sabor…

Donovan siempre había sido un amante extraordinario, pero ella no se había dado cuenta de lo mucho que lo había echado de menos hasta ese momento.

Volvió a bajar la cabeza, ávido por seguir devorándola, y se deleitó con la carne que palpitaba entre las piernas de Cassidy. Con su lengua, dientes y dedos la llevó al borde del clímax, pero la mantuvo en el límite, queriendo alargar aquel momento sublime hasta que ella se lo suplicara.

Ella le agarró la cabeza con las manos y empujó las caderas contra su cara, pero él se retiró para privarla del ansiado contacto.

–Donovan, por favor…

Entonces él la rozó delicadamente con los dientes y ella gritó de placer cuando el orgasmo la sacudió por completo. Donovan mantuvo la boca pegada a ella hasta que las convulsiones cesaron, y entonces se tumbó a su lado para abrazarla.

–Tendrás que conformarte con esto hasta que des a luz. Pero no olvides que ahora me perteneces.

–¿Te pertenezco?

–Sí. No quiero que haya lugar a dudas. Eres mía, Cassidy Tolley, y yo no abandono nada que me pertenezca.

Donovan se despertó excitado, deseando hacer el amor con Cass. Ella se movió a su lado y le hizo pensar que se sentía igual que él. La apretó contra su cuerpo y ella giró la cabeza hacia su hombro y gimió suavemente.

Él agachó la cabeza en busca de sus labios, que se separaron para recibir el beso. Sabía que no podía colocarse sobre ella, igual que había hecho en el pasado, de modo que se limitó a acariciarle las curvas hasta que ella abrió los ojos.

–Hola, cariño.

–Hola... –respondió ella, besándolo suavemente.

Él se dispuso a besarla de nuevo, cuando ella se retiró y volvió a gemir. Pero esa vez no fue un gemido de placer.

–¿Donovan?

–Sí.

–Creo que he roto aguas.

–¿Cómo? –exclamó él, saltando de la cama y buscando frenéticamente sus pantalones.

Los encontró en el respaldo de la silla. No estaba del todo preparado para aquello. Le había pedido a su secretaría un par de libros sobre el embarazo y había memorizado el plano del hospital en el que Cassidy daría a luz... dentro de dos semanas. Incluso había programado asistir con ella a las clases de preparación al parto la próxima semana.

–¿En serio?

Ella bajó la vista a la cama.

–Eh... sí.

Donovan intentó mantener la frialdad, pero por dentro estaba aterrorizado. ¿Qué se suponía que tenía que hacer con una mujer embarazada?

–Muy bien, vamos a vestirte y saldremos enseguida.

–¿Donovan?

–¿Sí?

–Tengo miedo.

–Tranquila. Estoy aquí y voy a asegurarme de que todo salga exactamente como tiene que salir –supo entonces que no podía sucumbir a las dudas que lo invadían. Tenía que asumir el control y ofrecerle a Cassidy una imagen tranquila y segura.

Ella le sonrió, como si le hubiera quitado una pesada responsabilidad de encima. También él estaba asustado, pues no quería que nada saliera mal. Necesitaba a Cassidy, y no sólo porque quisiera vencer a Sam en la carrera hacia el puesto de director.

Sacó ropa limpia para Cassidy de la pequeña bolsa de viaje y llamó al médico mientras ella se vestía en el cuarto de baño. Terminó de vestirse y agarró su cartera. También había llamado a recepción para pedir que le llevaran el coche a la puerta del hotel.

La puerta del baño se abrió y Cassidy salió con expresión aturdida y temblorosa. Donovan no pensaba en nada más que ella y el bebé. En nada más que cuidarla.

Aquello era algo nuevo para él, colocar a otra persona por delante de sí mismo, pero ya se encargaría de analizarlo más tarde. De momento, mientras bajaban en el ascensor, la rodeó con un brazo y la apretó contra él.

–Estaba convencida de que podría hacer esto sola –dijo ella.

–Pues claro que podrías. Tu madre o Emma habrían estado contigo.

–Cierto, pero estaba pensando que tenerte a ti es exactamente lo que necesito. Contigo puedo relajarme y confiar en que te harás cargo de todo.

Donovan se avergonzaba de sí mismo por haberla abandonado y haber vuelto con ella sólo por una motivación egoísta. No se había dado cuenta de lo mucho que significaba para ella.

Su coche los estaba esperando cuando salieron del hotel, y Cassidy empezó a tener contracciones de camino al hospital. La decisión de pasar la noche de bodas en Charleston en vez de salir de la ciudad había demostrado ser muy acertada.

–¿Has llamado a mis padres?

–Aún no.

Ella sacó el teléfono del bolsillo y marcó el número de sus padres. Donovan escuchó a medias su conversación, pensando en que aquélla iba a ser su nueva vida. Aquella mujer y el niño que estaba a punto de nacer.

Y no estaba seguro de estar preparado para un cambio tan radical.

Llegaron a hospital y ayudó a Cassidy a salir del coche y entrar en la sala de espera, donde se encargó de avisar a las enfermeras, firmar los formularios y hablar con el médico de guardia. Los llevaron a una habitación y no tuvo nada más que hacer.

Se quedó dando vueltas por la habitación. Era un lugar agradable, con las paredes pintadas de colores suaves.

–¿Quieres estarte quieto? –dijo Cassidy.

–Lo siento. Pero quedarme esperando sin poder hacer nada…

–¿Te saca de tus casillas?

–No te imaginas cuánto. Lo siguiente debería ser una intensificación de tus contracciones. Te ayudaré a soportarlas.

–¿Tú? ¿Cómo?

–Distrayéndote… –dijo él.

–Esa parte no me apetece especialmente –admitió ella.

–¿Qué fue lo primero que pensaste al descubrir que estabas embarazada?

–Bueno, al principio fue una emoción muy grande.

–¿Cuándo lo supiste? –preguntó él.

Todo había sucedido tan deprisa desde que volvió con ella que aún no habían tenido ocasión para hablar del bebé. Había pasado en la oficina todo el tiempo posible, asegurando su posición ante la junta para hacerles ver que era el más adecuado para el puesto de director.

–El día que me pediste que me casara contigo –dijo ella.

–¿Por qué me rechazaste si ya sabías lo del bebé? –preguntó él, cruzándose de brazos.

Ella cerró los ojos por un segundo, y Donovan comprobó en el monitor que acababa de tener una contracción. Volvió junto a ella y la tomó de la mano sin apartar la vista del monitor.

–Dime por qué no quisiste casarte conmigo cuando te lo pedí. ¿Fue sólo por lo que dije de los niños y la familia?

–Sí. No quería que te sintieras atrapado. Podría haberte dicho que estaba embarazada, y sé que habrías hecho lo que se esperaba de ti.

Él no estaba tan seguro. Por mucho que se enorgulleciera de ser un caballero y estar siempre a la altura de las circunstancias, temía cómo los niños podían afectar su carrera profesional. Las relaciones más sólidas podían derrumbarse bajo la presión que implicaba la paternidad.

–¿Y qué habría de malo en eso? –preguntó, sin entender lo que Cassidy le estaba diciendo. Sólo sabía que si volvía a rechazarlo estaría completamente perdido.

–Quería que te casaras conmigo por mí.

Cassidy no quería hablar sobre ella en esos momentos. El bebé y el matrimonio no eran los temas que más le apetecía discutir durante el parto. Estaba más interesada en averiguar lo que pasaba con el primo de Donovan y con Tolley-Patterson, pero no se sentía capaz de mantener una conversación profunda. En esos momentos sólo podía pensar que el dolor no era tan moderado como describían los libros... o quizá ella fuera más frágil y delicada que las demás mujeres.

No le importaba ser débil. La sensación en su abdomen se hacía más y más intensa, y Donovan la miraba como si quisiera discutir los asuntos más trascendentales del mundo.

–Cariño –le dijo en voz baja, y ella sintió el escozor de las lágrimas en los ojos.

Giró la cabeza para que no pudiera verla. Donovan parecía realmente preocupado por ella. El hombre que nunca le había dicho, y que probablemente nunca le diría cómo se sentía, tenía una voz que podía derretirle el corazón. Cassidy odiaba ser tan sensiblera, especialmente en aquellos momentos en los que intentaba ocultarle su dolor.

–Estaba hablando en un plano hipotético. Estaba convencido de que sabía lo que pensaba de los niños.

–¿Y no era así? –preguntó ella.

Donovan era la clase de hombre que tenía muy clara su opinión sobre todos los temas. Apreciaba sus esfuerzos por hacerla sentirse mejor, pero ella podía ver la verdad subyacente a sus palabras.

Y la verdad era lo que ella más había temido. Que Donovan se habría casado con ella porque estaba embarazada de su hijo... Y, de hecho, seguramente se había casado con ella por eso mismo.

–Bueno, digamos que no preví nada que tuviera que ver contigo, conmigo y con este niño.

–¿Qué significa eso? –preguntó ella, sintiendo cómo empezaba a endurecérsele el estómago.

–Tienes otra contracción –dijo él, sujetándole la mano suavemente.

Ella se la agarró con fuerza.

–Escucha, Cassidy... –le dijo una vez que remitió el dolor. Se sentó en la cama junto a ella y le tomó la mano en las suyas–. Mi vida seguía un camino trazado. Llegar a la cima y demostrarle a mi abuelo que podía ser su digno sucesor había sido siempre mi único objetivo.

Estaba intentando decirle algo, pero Cassidy no se imaginaba qué podía ser. En su interior se estaban produciendo demasiados cambios mientras su cuerpo se preparaba para dar a luz. Apreciaba que Donovan se estuviera abriendo finalmente a ella, pero aquél no era el mejor momento.

–Lo sé. El trabajo siempre ha sido lo primero para ti.

Volvió a tener una contracción e hincó las uñas en la piel de Donovan.

–Duele...

Donovan le sostuvo la mano durante la prolongada contracción y luego se levantó para ir a avisar a la enfermera. La auxiliar que debía administrarle la epidural llegó enseguida y a los pocos segundos volvía a estar cómoda y tranquila. Donovan se ocupaba de todo con su eficacia habitual, asegurándose de que el personal del hospital atendiera todas sus necesidades.

Emma y la madre de Cassidy entraron en la habitación y rodearon la cama para preguntar cómo estaba. Su padre permaneció en el pasillo, con el móvil pegado a la oreja. Cassidy no podía creer que hubiera ido a verla a esa hora.

–Te dejaré sola con ellas. Diles que me avisen al móvil si me necesitas –le dijo Donovan, besándola en la frente.

Ella asintió. Supuso que se sentía incómodo y que necesitaba tener su espacio, pero lo último que quería en esos momentos era que se marchara. Tenía miedo de que algo saliera mal en el parto o de que Donovan no volviera a tiempo para estar a su lado cuando diera a luz.

–¿Adónde vas?

–Sólo voy a llamar a mis padres. No saldré del hospital.

–¿Estarás cerca?

–Sí –le aseguró él, apartándole el flequillo de la frente–. ¿Emma?

–Sí.

–Ven a buscarme en cuanto empiecen los cambios. Quiero estar a su lado cuando sea el momento.

Cassidy volvió a sentir que se derretía por dentro. Donovan sentía por ella lo mismo que ella por él.

–Si ella te necesita, iré a buscarte –dijo Emma.

Donovan volvió a besar a Cassidy y salió de la habitación.

–¿Tenía que ser hoy? –preguntó Emma con una sonrisa burlona–. ¿Cómo se te ocurre parir en tu noche de bodas? Ésta es la mejor historia nupcial jamás contada.

–No sé si es la mejor, pero desde luego es la más chocante.

–Oh, no, ni mucho menos –dijo su madre–. El marido de Dorothy tuvo una reacción alérgica a la seda de su picardías y sufrió una urticaria por todo el cuerpo. Tuvieron que llevarlo a Urgencias de inmediato.

Cassidy se echó a reír, pero muy pronto la risa dejó paso a las lágrimas.

Emma la agarró de su mano izquierda y su madre se inclinó para abrazarla por la derecha.

–Todo va a salir bien.

–¿Me lo prometes?

–Te lo prometo. Dar a luz es la mejor experiencia en la vida de una mujer.

–¿La mejor?

–Cassidy, estás viviendo un milagro. Dentro de poco tendrás a tu hijo en brazos y te habrás olvidado de todo esto.

A Cassidy le gustaron aquellas palabras, pero su madre siempre sabía cuáles eran las palabras adecuadas en el momento apropiado. Apretó la mano de Emma y se dio cuenta de que, por mucho que apreciara la compañía de su madre y de su mejor amiga, a quien realmente necesitaba era a Donovan.

Temía pedirle a Emma que fuera a buscarlo. No quería parecer demasiado necesitada aquella noche, especialmente después de haberle dicho que no había querido casarse con él sólo por estar embarazada.

Pero cuando un rato más tarde la puerta se abrió y Donovan asomó la cabeza, Cassidy sintió un inmenso alivio.

–¿Necesitas alguna cosa? –le preguntó él.

–A ti.

Capítulo Seis

Cassidy se despertó de un sueño profundo con un ataque de pánico. Habían pasado tres semanas desde que diera a luz y volviera a su nuevo hogar con Donovan y su hijo recién nacido. Miró el reloj y sus temores se agravaron. Eran casi las nueve de la mañana y Donovan Junior, Van, como habían decidido llamarlo, no la había despertado. Se levantó de un salto y se puso la bata de camino a la puerta.

Corrió por el suelo de mármol hasta el cuarto del niño, cuya puerta estaba cerrada. ¿Quién la había cerrado? Van no tenía ni un mes. Era impensable cerrar la puerta de su habitación por la noche.

La abrió de un empujón y se detuvo en el umbral. La cuna de Van estaba vacía, y en la mesa estaba su pijama.

Volvió sobre sus pasos y bajó rápidamente las escaleras. Entonces oyó la voz de Donovan saliendo de su despacho y fue hacia allí.

Van estaba en brazos de Donovan. Vestido con unos pantalones caqui y una camisa Oxford, parecía una versión reducida de Donovan, salvo que el pequeño babeaba un poco mientras dormía.

Al ver a sus dos hombres juntos el corazón casi se le detuvo. Permaneció mirándolos en silencio y sintió cómo se esfumaban todas las dudas y preocupaciones que la habían acosado desde que Donovan regresó a su vida. Verlo con su hijo en brazos era todo lo que siempre había deseado.

Parecía sentirse muy cómodo con Van. Lo tenía acurrucado en su hombro mientras se paseaba por el despacho y mantenía una conversación por el manos libres.

–Joseph ha pedido que se celebre una sesión especial de la junta para hablar de Van.

–Puede convocar todas las reuniones que quiera –dijo Donovan–. No habrá ningún cambio hasta la reunión oficial de la junta.

–Se está preparando para la reunión oficial. Sólo faltan tres meses para la votación, y las noticias que estoy oyendo no pintan muy bien para ti.

–Deja que yo me preocupe de mi posición, Sam. Lo mismo he oído yo de ti. Marcella no está muy contenta con la manera que has tenido de manejar a los canadienses.

–Apenas te has ocupado de los problemas en la Costa Oeste.

–Pero los he resuelto. Y eso es lo que está buscando la junta.

–El abuelo ya no está aquí para ponernos en contra el uno del otro.

–Nos dejó un último desafío, Sam.

–¿Y crees que lo has ganado?

–Sé que lo he ganado –dijo Donovan. Se dio la vuelta y se detuvo al ver a Cassidy.

Ella dio un paso al interior de la habitación.

–Te volveré a llamar, Sam.

Se inclinó y pulsó un botón en el teléfono para acabar la llamada.

–¿De qué estaba hablando? –preguntó ella–. ¿Por qué tiene que reunirse la junta para hablar de Van?

–No es nada por lo que tengas que preocuparte. ¿Has dormido bien?

–Sí, aunque me llevé un buen susto al despertarme tan tarde y no ver a Van.

–Hoy tienes un almuerzo con Emma y Paul, así que se me ocurrió que el pequeño y yo podíamos pasar el día juntos.

–Eres muy atento –dijo ella. Se acercó a él y besó a Van en la cabeza. Nunca había creído posible amar tanto a alguien como amaba a su hijo. Con él podía verlo todo en perspectiva, y lo más importante del mundo era cuidarlo. Se había llevado una amarga decepción al no poder darle el pecho, aunque de esa forma Donovan tenía más posibilidades para ayudarla con sus cuidados–. ¿Seguro que estarás bien con él?

–Completamente –respondió Donovan. Su teléfono móvil empezó a sonar y miró el identificador de llamada antes de volverse hacia ella.

–¿No vas a responder? –le preguntó, y él negó con la cabeza–. Bien. Quiero hablar contigo sobre Sam y Tolley-Patterson… Emma oyó algunos rumores sobre el testamento de tu abuelo.

–Eso es información confidencial.

–No conoce los detalles. Tan sólo oyó unos comentarios en una fiesta que celebraban sus padres.

Cassidy había intentado sacar el tema varias veces,

pero el parto y los cuidados de su hijo la habían dejado agotada. Hasta ese momento no había tenido tiempo de indagar en el asunto.

–¿A quién se los oyó?

–A unos abogados de la firma de su padre. Me lo dijo porque...

–Porque confiaba en remover algo entre nosotros –la interrumpió Donovan.

–Cierto. Yo confío en ti, cariño. Pero me preocupa que Sam pueda hacer algo sospechoso. Y lo que acabo de oír me hace desconfiar aún más de él.

Donovan la apretó contra su costado con su brazo libre y la besó.

–No te preocupes, cariño. Aquí tengo todo lo que necesito.

–¿De verdad? –temía creerlo cuando le decía aquellas cosas. Sabía que para Donovan lo primero eran los negocios y que todo lo demás era secundario.

–Sí.

Ella se puso de puntillas para besarlo, pero él dejó caer el brazo y se apartó. Desde la boda, Donovan había trabajado muchas horas y aún no habían salido juntos a ninguna parte. De hecho, aquéllos eran los primeros minutos matinales que compartían desde que habían abandonado el hospital.

No estaba segura de lo que se le pasaba por la cabeza. ¿Se arrepentía de haberse casado con ella? Podrían haber tenido a Van y educarlo juntos sin estar casados, o sin vivir bajo el mismo techo.

–¿Qué?

–Nada.

–No, algo te pasa. Me estabas mirando como si quisieras decir algo.

En efecto, pero ¿cómo podía preguntarle si la seguía encontrando atractiva desde que dio a luz? ¿Cómo podía decirle que necesitaba pasar más tiempo con él?

–Sólo quería confirmar nuestros planes para hoy. ¿Estás seguro de que puedes quedarte con Van?

–Sí, claro que puedo.

Ella lo miró y se dio cuenta de que el amor que siempre había sentido por él se hacía cada vez más fuerte. Quería que fuera el marido con el que siempre había soñado, y muchas de las cosas que hacía Donovan le hacían creer que lo era. Pero luego había otros momentos, como aquél, cuando se apartaba de ella, que le recordaban que aquel matrimonio no había nacido de una fantasía romántica, sino de una cruda y necesaria realidad.

A Donovan nunca le habían gustado las tareas domésticas, y llevar a Van a la oficina no lo hizo cambiar de opinión. Las secretarias se deshicieron en carantoñas hacia el pequeño, y los otros hombres se apartaron incómodamente mientras él colocaba el cochecito del bebé junto a la mesa de reuniones.

–Nunca es demasiado pronto para empezar a preparar a las generaciones futuras –dijo Marcus al entrar en la sala.

Donovan se echó a reír.

–Eso creía mi abuelo. Los primeros recuerdos que tengo son estar jugando con Sam en el suelo de la oficina.

–Y ahora le toca a usted pasar el testigo… Nunca imaginé que traería a un niño al trabajo.

Donovan tampoco se lo había imaginado nunca. Aún no se veía a sí mismo como un padre. Pero estar en la oficina le hacía recuperar su confianza. Allí no cometía fallos, y sabía exactamente lo que había que hacer y cómo hacerlo.

Todo lo contrario que estar en casa, donde se sentía bloqueado por el deseo hacia Cassidy. Le costaba un esfuerzo enorme no hacer el amor con su esposa. Sabía que ella necesitaba tiempo para que su cuerpo se recuperara del parto, pero estaba constantemente excitado cuando estaba junto a ella.

Aquella mañana se había despertado con una dolorosa erección y había empezado a acariciarla, y sólo los llantos de Van habían impedido que acabara haciendo el amor con ella.

–Empecemos la reunión. No sé hasta cuándo estará durmiendo Van.

–¿No tiene una niñera o algo parecido?

–Aún no. Cassidy sigue entrevistando a las candidatas –respondió Donovan, incómodo por la pregunta. Tenía derecho a estar con su hijo en la oficina, si así lo deseaba.

Marcus arqueó una ceja y sacudió la cabeza.

–¿Qué ocurre? –le preguntó Donovan.

–Mírese –dijo Marcus, señalando el cochecito de Van, que Donovan había dejado junto a él–. Ahora tiene su atención dividida.

A Donovan no le gustó cómo sonaba aquello y miró a Van. Van era el futuro… su futuro. Quería que su hijo supiera desde el primer momento que su padre lo quería. Era muy importante para Donovan que Van se sintiera a gusto en las oficinas de Tolley-Patterson, y no como si tuviera que competir por su derecho a estar allí.

–Siéntate, Marcus.

Marcus obedeció y el resto del personal empezó a exponer sus informes.

Donovan movió el cochecito de Van hacia la pared, lo bastante cerca para poder verlo pero lo bastante lejos para que la reunión no molestara al bebé.

Se ocupó de dirigir la reunión, pero sólo podía concentrarse a medias. La mitad de su cabeza estaba pensando en Van. El bebé sólo había sido un instrumento para hacerse con el premio que su abuelo les había ofrecido a Sam y a él. Pero ahora, mientras miraba a su hijo durmiente, se daba cuenta de que el bebé significaba mucho más para él. Lo significaba todo.

Marcus había acertado al decir que Donovan había cambiado. ¿Cómo había sucedido? Parecía haberse convertido en un hombre completamente distinto. ¿Cómo era posible que unas pocas semanas cambiaran la vida de un hombre?

–¿Donovan?

–¿Sí?

–Estábamos discutiendo el presupuesto para el próximo trimestre... ¿Crees que será necesario aumentar la mano de obra en la Costa Oeste?

Donovan se obligó a volver a la reunión, pero era muy difícil. No era solamente Van quien ocupaba su mente, sino también Cassidy. Recordó el beso de aquella mañana y cómo se había excitado sólo por abrazarla. El deseo le impedía pensar.

Sabía que aún le quedaban unas semanas antes de poder hacer el amor con ella. Pero su cuerpo no parecía estar de acuerdo. La necesitaba como nunca la había necesitado. Necesitaba sellar su unión introduciéndose en su cuerpo y que los dos se fundieran en uno solo.

¿Quizá por eso estaba tan distraído? ¿Por la incapacidad para hacer el amor con su esposa? Se frotó la nuca para intentar aliviar la tensión. Pero si las duchas frías no lo habían ayudado, tampoco iba a conseguir nada con un rápido masaje. La única solución al problema era Cassidy.

La necesidad de estar con ella lo acompañaba cada minuto del día, y podía sentir su presencia aunque no estuviera con él.

La reunión acabó treinta minutos después y Donovan se fue a su despacho con Van.

–Theo le está esperando en su despacho –dijo Karin.

–¿Estaba en mi agenda para hoy?

–No, pero se ha negado a aceptar un no por respuesta. Dice que es muy urgente y que tiene que ver con la inminente reunión de la junta.

–De acuerdo. ¿Algo más?

–Unos cuantos mensajes. Se los he dejado en su buzón de voz. Y Sam ha pedido cinco minutos de su tiempo para hablar de Canadá.

–Hablé con él esta mañana desde casa. ¿Cuándo ha llamado?

–Hace veinte minutos.

–Muy bien. Lo llamaré cuando se marche Theo.

–¿Quiere que me quede con Van mientras se reúne con Theo?

Donovan dejó el cochecito y la bolsa de pañales junto a la mesa de Karin.

–¿No te importa?

–En absoluto. Mis hijos ya son mayores... Echo de menos a los pequeñines.

Donovan dejó a Van con Karin y entró en su despacho. En un rincón estaba la escultura que su padre le había hecho cuando fue ascendido a vicepresidente ejecutivo, y el escritorio que usaba había pertenecido a su bisabuelo.

–Buenas tardes, tío Theo.

Theo era actualmente el director general en funciones, hasta que Sam o Donovan se hicieran cargo del puesto en la próxima reunión de la junta directiva. Era un hombre bastante frío y reservado, y hubo un tiempo en el que aspiró al puesto de director general. Pero había renunciado a sus aspiraciones cuando el abuelo anunció que su sucesor sería Donovan o Sam.

–No he venido para charlar, Donovan.

–¿Por qué has venido entonces? –preguntó él mientras se sentaba en el sillón de cuero y miraba la foto que Emma les había sacado a Cassidy y a él con su hijo recién nacido. Cassidy tenía un aspecto radiante mientras miraba a su pequeño, y a Donovan se le hizo un nudo en el estómago al pensar en lo feliz que parecía.

En la foto parecían una pareja perfecta que al fin

habían completado sus vidas trayendo un niño al mundo. Sólo Donovan conocía la verdad... Que su vida en común estaba basada en una mentira.

–La junta no ve con buenos ojos tu compromiso con Cassidy.

–¿Compromiso? –repitió Donovan.

Su madre ya debía de haberles contado a los otros miembros de la junta que Cassidy y él se habían casado. Nunca le había guardado un secreto a la junta. Y aunque él le había dicho que no pensaba anunciar su matrimonio de momento, no le había pedido específicamente que guardara silencio.

–Sí. Parece ser que quieres casarte con ella por el bien de Van, pero te sugerimos encarecidamente que rompas toda relación con Cassidy Franzone y encuentres a una mujer más adecuada para casarte.

Cassidy disfrutó mucho del almuerzo con Emma y Paul, pero verlos juntos le recordaba la distancia existente entre Donovan y ella. Sabía que había algo que fallaba en su relación.

–¿Qué tal la maternidad? –le preguntó Emma cuando Paul fue a buscar el coche.

–Bien. Cansada, pero bien.

–¿Y el matrimonio?

–Um...

–¿No tan bien? ¿Qué ocurre?

–En realidad no ocurre nada. Simplemente, que no veo a Donovan. Siempre está trabajando, y cuando está en casa, yo estoy agotada en la cama.

–Era de esperar, después de haberos casado tan rápido. ¿Y por la noche qué tal?

Cassidy miró a su amiga. Sólo con ella podía sincerarse del todo.

–Normalmente estoy dormida cuando Donovan se acuesta, y si no lo estoy, se limita a tumbarse de costado.

–Puede que no se atreva a tocarte desde que tuviste a Van. Muchos hombres no saben cuándo es el momento de hacerlo.

–Estamos hablando de Donovan. Él lo sabe todo de… bueno, de todo.

Emma sacó el espejo y el pintalabios del bolso y se aplicó un poco de carmín.

–No sé qué decir. ¿Has hablado con él?

–No.

Cuando ella y Donovan empezaron a salir, él le había dicho lo mucho que le gustaba su cuerpo y que su esbelta figura era una de las primeras cosas en que se había fijado. Ahora temía que su barriga posparto fuera un motivo de rechazo. En cuanto el médico le dio su visto bueno, había empezado a hacer abdominales como un marine en el campo de entrenamiento, pero su vientre no volvería a ser tan liso como antes.

–Eso es lo que yo haría.

–¿De verdad lo harías, Emma? –le preguntó Cassidy–. ¿No dejarías las cosas como están?

–¿Me tomas el pelo? ¿Crees que con Paul siempre dejo las cosas como están? ¡Siempre estamos discutiendo por algo!

Cassidy lo sabía. Emma tenía una personalidad

arrolladora, y nunca dudaba en decir lo que pensaba, fueran cuales fueran las circunstancias.

–¿Y si tuvieras miedo de decir algo que pudiera alejar a Paul de ti?

Emma se mordió el labio inferior.

–¿Sinceramente, Cassidy?

Cassidy asintió mientras sacaba las gafas de sol de su bolso.

–Se lo diría –dijo Emma–. Aunque seguramente estaría muy irritable todo el tiempo. Odio sentirme insegura, ya sabes.

–Sí, lo sé. Mi nueva relación con Donovan ha pasado de la nada al todo en tan poco tiempo que aún no he tenido ocasión de adaptarme –odiaba la inquietud que sentía por Donovan. Antes contaba con la seguridad de poder resolver las cosas en la cama, pero ahora... simplemente no era el caso.

–Puede que él se sienta igual. Quiero decir, volvió para intentarlo contigo de nuevo, no para encontrarse casado y con un hijo en tan poco tiempo. ¿Cómo se está adaptando a la paternidad?

–No estoy segura. Esta mañana se hizo cargo de Van para que yo pudiera dormir, y todas las mañanas pasa al menos media hora con él, hablándole y paseándolo por la casa mientras yo me preparo.

–¿Qué cosas le dice?

Cassidy no lo sabía. Sentía que estaba invadiendo la intimidad de Donovan, y quería que pasara algún tiempo a solas con su hijo. Las cosas que ella le decía a Van eran personales. Palabras alimentadas por el inmenso amor que le profesaba a su bebé. Y a veces también le hablaba de los sueños que tenía para él.

–¿No lo sabes? –insistió Emma.

–No. Pero Donovan parece sacar tiempo para Van. Es un hombre muy ocupado y no va a cambiar, pero cuando lo necesito siempre está ahí.

Emma la rodeó con un brazo.

–Es muy distinto a como pensaba que sería. No sé lo que ocurrió cuando os separasteis, pero no es el mismo hombre que era entonces.

Era lo mismo que Cassidy se repetía a sí misma. Y una parte de ella temía creérselo. Quería que aquel nuevo comienzo fuera el inicio de una vida feliz para siempre. Pero sabía que se estaba preparando para la posibilidad de que no funcionara. Y esa actitud recelosa y desconfiada le hacía imposible disfrutar del momento.

Paul volvió con el coche, pero estaba hablando por su móvil y Emma le hizo un gesto diciéndole que aún tardaría un minuto.

–Siempre habla a gritos por ese maldito aparato.

Cassidy se echó a reír. Ciertamente, Paul hablaba con una voz muy fuerte por el móvil.

–¿Le preguntaste a Donovan por el testamento de Maxwell? –le preguntó Emma.

–Sí. Dijo que no era nada importante y que no tenía que preocuparme.

–¿No te dijo nada más?

–No. ¿Por qué? ¿Tú oíste alguna otra cosa?

–No. También se lo pregunté a mi padre, pero me dijo que no era asunto mío.

–Y tenía razón.

–No, no la tiene. Si es algo que concierne a Donovan, entonces te concierte a ti, y tú eres mi mejor amiga.

–Ajá. ¿Y ese razonamiento no sirvió para que tu padre cambiara de opinión?

–De ninguna manera. Pero mi padre puede ser muy riguroso en lo que se refiere a las reglas. ¿Recuerdas aquella vez que se puso hecho una furia cuando nos llevamos su Mercedes para una prueba de conducción?

Cassidy lo recordaba muy bien. Las dos tenían trece años por aquel entonces. El hermano mayor de Emma, Eric, había estado fanfarroneando sobre sus habilidades al volante y Emma se empeñó en demostrar que podía hacerlo tan bien como él. En honor a la verdad, había que reconocer que era tan buena conductora como Eric. Por desgracia, su padre no opinaba igual.

Se separaron después de que Paul dejara de hablar por teléfono, y Cassidy se fue acosada por sus dudas. ¿Había permitido que su reencuentro con Donovan cambiara su forma de ser? Nunca había sido una cobarde. Desde el momento que conoció a Donovan había sabido que quería ser su mujer. Entonces, ¿por qué no se permitía ser feliz ahora que por fin lo era?

Necesitaba hacer algo. No podía seguir esperando a que Donovan diera el primer paso. Aquella noche, cuando él volviera a casa del trabajo y Van estuviera en su cuna, seduciría a su marido.

Capítulo Siete

Donovan volvió a casa con Van atado en el asiento trasero de su Porsche Cayenne. Había comprado el todoterreno el día después de abandonar el hospital. El Cayenne tenía la misma potencia que su Porsche 911, pero era mucho más espacioso y seguro para un niño.

No se había encontrado con Sam ni con nadie más después de que Theo se hubiera marchado. Su familia hacía que los Manson parecieran la familia Trap. Estaba furioso, frustrado y dispuesto a enfrentarse a toda la junta. Aquel asunto se le estaba yendo de las manos. Su abuelo lo había empezado todo con su ridículo testamento y la rivalidad que siempre había inculcado en sus hijos y nietos.

Marcó el número de sus padres y le respondió el ama de llaves, Maria, quien le informó que su madre se había marchado al club de bridge y que su padre estaba en su estudio.

Sin pensarlo dos veces, Donovan condujo hacia la casa de sus padres. Necesitaba hablar con su padre. Sacó a Van del coche y descubrió que había que cambiarle el pañal. Se ocupó rápidamente de ello y luego llevó al bebé al estudio de su padre.

Llamó a la puerta, pero abrió sin esperar respuesta, pues sabía que su padre nunca respondía. Su padre levantó una mano en un típico gesto suyo, indicándole que esperase un momento, de modo que Donovan paseó a Van por el estudio, enseñándole las fotos de las exposiciones de su padre.

–¿Qué puedo hacer por ti? –le preguntó finalmente su padre.

–No estoy seguro. El tío Theo ha venido a verme hoy a la oficina y me ha advertido de que no me casara con Cassidy... ¿Qué ocurre, papá? Creía que mamá le habría contado a todo el mundo lo de la boda.

Su padre se frotó las manos en la camisa y se acercó a él.

–No tengo ni idea. Tu madre se encarga de votar por mí y de participar activamente en la junta. Yo no le he dicho nada a nadie porque no he salido de mi estudio. Tengo una exposición dentro de tres meses y no tengo tiempo para Tolley-Patterson.

La misma situación de siempre. Su padre nunca le había dedicado su tiempo ni su atención. Para él lo primero eran sus esculturas, y después la familia.

Bajó la mirada al pequeño Van, que dormía tranquilamente en sus brazos.

–Recuerdo cuando eras así de pequeño –dijo su padre–. Te tenía aquí conmigo durante el día.

–¿Ah, sí? –preguntó Donovan, incapaz de recordarlo.

–Tu madre se dedicaba por entero a la empresa, por lo que era lógico que yo me quedara contigo. Tenía un pequeño parque en ese rincón.

Se giró para mirar en la dirección indicada y Donovan permaneció inmóvil, sintiéndose torpe e incómodo. Su padre y él nunca habían estado muy unidos, por lo que su padre nunca había pensado que su hijo pudiera albergar sueños de convertirse en un artista. Donovan, en cambio, quería que Van siguiera sus pasos y se hiciera cargo algún día de la empresa familiar.

–Tengo que hablar con mamá de esto. ¿Puedes decirle que me llame cuando vuelva a casa?

–Claro. ¿Qué te dijo Theo?

–Que tengo que casarme con una mujer adecuada, es decir, una mujer de buena familia.

Su padre sonrió.

–A veces creo que los Tolley olvidan que vinieron del norte sin un centavo.

–Cuidado, papá, con esa clase de comentarios puedes conseguir que te deshereden.

–No sería la primera vez que me amenazan con eso. Y no sería tan horrible. Recuerda siempre que no eres un clon de tu abuelo.

–Lo sé.

–¿Lo sabes? Creo que siempre has querido ser mejor que él, pero ya sabes que transformó la empresa de un negocio al borde de la bancarrota en lo que es hoy. Tu abuelo se labró su propio destino, Donovan, y creo que una parte de ti siempre ha aspirado a emularlo.

–¿Quería que tú también lo hicieras?

–Tuvimos una fuerte discusión cuando decidí matricularme en el Instituto de Arte de Chicago en vez de ir a Harvard. Dijo que lo estaba decepcionando por no seguir sus pasos, y me acusó de ser débil.

–Propio del abuelo. Nunca pudo entender nada de lo que pasaba fuera de Tolley-Patterson.

–Le dije que yo no era su clon y que no podía seguir su camino. Necesitaba seguir el mío propio.

La familia de Donovan no sólo vivía en Charleston; pertenecía a la historia de la ciudad. Donovan había crecido rodeado por su pasado, igual que su padre. Pero en vez de rechazar todo cuanto lo rodeaba, Donovan lo había aceptado con los brazos abiertos.

Aquel día, sin embargo, había visto otra faceta de lo que significaba ser un Tolley, y podía ver que su tío Theo y la junta nunca aceptarían a Cassidy.

Salió del estudio de su padre con más preguntas y sin ninguna respuesta. ¿Era tan culpable como su tío Theo y la junta de discriminar a Cassidy y a su familia? Había mantenido el matrimonio en secreto de modo que pudiera valerse de su mujer y de su hijo para vencer a Sam cuando llegara el momento.

Se sentó al volante del Cayenne y miró por encima del hombro hacia el asiento trasero. Van estaba despierto y movía su minúsculo puño delante de la cara.

–¿A ti qué te parece? –le preguntó al bebé–. ¿Debería mandar a la junta al infierno?

El bebé soltó un gorgorito y lo miró con unos ojos muy parecidos a los de Cassidy. Donovan supo cuál era su respuesta, pero no sabía si podría olvidarse de los objetivos que llevaba persiguiendo durante tanto tiempo. ¿Sería capaz de abandonar la competición y renunciar al puesto de director general por Cassidy?

Ella no le pediría que hiciera tal cosa. Pero él no podía permitir que nadie, y mucho menos su familia, la tratara con desprecio. Lo único que Cassidy había hecho era amarlo y darle un hijo.

Le limpió a Van la baba del labio con el pulgar y se dio cuenta de que su vida ya había cambiado, estuviera o no dispuesto a admitirlo.

Cassidy estaba lista para Donovan. Había ido al salón de belleza a hacerse la cera en las piernas, se había dado un largo baño y se había esmerado con su aspecto. Después de despedirse de Emma había ido de compras y había adquirido un nuevo vestuario más apropiado para su físico actual. Incluso se había cortado el pelo y se había puesto mechas. Al mirarse al espejo, podía ver a la mujer seductora y sensual que había sido años atrás.

Le dio la noche libre a la asistenta y lo preparó todo para hacer una cena sencilla a base de salmón ahumado y ensalada de berros. Incluso tenía una coctelera y los ingredientes necesarios para preparar martinis en cuanto Donovan llegara a casa.

Oyó su coche en el camino de entrada trasero y se dio cuenta de que estaba de pie frente a la puerta trasera, como si lo estuviera esperando. Y así era, en efecto, pero él no tenía por qué saberlo.

Pero no sabía adónde podía ir. Nunca veía la televisión, y el estudio estaba en el extremo opuesto de la casa. Maldición... ¿Por qué no había planeado con más cuidado aquella parte?

Fue al bar del salón y empezó a preparar las bebidas.

–Cassidy, ya estamos en casa. ¿Dónde está la señora Winters?

Cassidy fue hacia él y le dio un beso en la mejilla antes de tomar a Van en sus brazos.

–Le he dado la noche libre. Pensé que sería agradable disfrutar de una velada familiar.

–Suena bien. En cualquier caso, tenemos que hablar.

–¿Sobre qué?

–Sobre mi familia... ¿Qué estabas haciendo?

–Unos martinis.

–Ya me encargo yo. ¿Vamos a preparar la cena?

–Sí. Salmón ahumado y ensalada.

Él sonrió y ella sintió la conexión que había estado buscando entre ambos.

–Voy a cambiar a Van.

–Voy contigo. Yo también necesito cambiarme. ¿Crees que es muy pequeño para la piscina?

–No tengo ni idea, pero no creo que haya ningún problema siempre que lo sujetemos.

Mientras subían por la escalera, Donovan la tocó en el hombro y agarró un mechón de sus cabellos. Ella se giró y lo miró. Estaba un escalón por encima de él, por lo que sus ojos quedaban a la misma altura.

–Me gusta tu pelo.

–Gracias –respondió ella con una voz excesivamente ronca.

–Cielos, Cassidy, eres realmente hermosa –le buscó la boca con la suya y la besó como ella había estado deseando que hiciera, acariciándole los labios con la lengua para luego introducirse entre ellos. Sabía a menta y a algo más que ella asociaba únicamente con Donovan.

Se inclinó hacia él, buscando la sensación de su torso contra sus pechos, pero lo que sintió fue la manita de Van en el cuello. Se apartó y miró a su marido por un largo rato, recordando el orgasmo que había tenido en su noche de bodas. Parecía haber transcurrido una eternidad desde entonces…

Donovan besó la mano del bebé y rodeó a Cassidy para seguir subiendo las escaleras.

–Se ha portado muy bien. Estuvo durmiendo durante dos reuniones y enamoró a todas las secretarias.

–En eso es igual a su padre.

–Muy graciosa. Pero no se llega a los puestos directivos durmiendo en las reuniones.

–¿Y flirteando con las secretarias sí? –preguntó ella en tono burlón, intentando apartar sus pensamientos del doloroso deseo físico que la invadía. Dios, cuánto deseaba a su marido…

–Eso no hace daño.

Entraron en el dormitorio principal y Donovan fue al vestidor a cambiarse. Cassidy dejó a Van en la cama y le quitó la ropa para examinarle el pañal, que estaba seco.

El bebé permaneció tumbado de espaldas, mordiéndose los dedos con su boca sin dientes hasta que Cassidy le dio un juguete de plástico. Quería ir a cambiarse, pero no se atrevía a girarse ni por un segundo mientras el pequeño estuviera encima de la cama.

Agarró la almohada y los cojines de la cabecera y formó una barrera protectora alrededor de Van. Aún no había empezado a gatear, por lo que no habría peligro.

Su bañador estaba en el tocador. Fue a buscarlo y volvió rápidamente a la cama. Van se había quedado dormido entre los cojines, con el juguete sobre su pecho. Cassidy lo contempló mientras se cambiaba.

En vez del atrevido biquini que solía usar, eligió un triquini nuevo bastante favorecedor. Se inclinó sobre Van para ajustar una almohada y entonces sintió el aliento de Donovan en la nuca, un segundo antes de sentir sus labios en la piel.

Le mordisqueó suavemente el cuello y bajó las manos hasta su cintura, haciéndola estremecer. Donovan tenía el pecho desnudo, y era maravilloso sentir sus brazos alrededor de ella, apretándola contra su cuerpo.

–¿Podemos hacer el amor? –le preguntó él–. Me muero por estar dentro de ti.

–Aún no… Pero dentro de unas semanas será posible.

–Entonces tendremos que hacer alguna otra cosa, porque no puedo resistir el deseo un día más.

Cassidy se giró hacia él.

–Yo también te deseo.

–Lo sé.

–¿Cómo lo sabes?

–Tus feromonas me han estado volviendo loco desde que entré por la puerta.

Cassidy se dispuso a responder, pero él volvió a besarla y lo único que pudo hacer ella fue devolverle el beso.

Donovan no pudo apartar las manos de ella mientras preparaban la cena y mientras comían. Van estaba durmiendo plácidamente en la cuna portátil, y por un momento Donovan sintió que todo era perfecto en su vida, lejos de la competencia y las ambiciones profesionales.

Mirando a Cassidy desde el otro lado de la mesa, viendo cómo sorbía su Pinot en bañador, sintió algo peligrosamente cercano a la satisfacción. Y aquello lo asustaba más que ninguna otra cosa. Los hombres satisfechos no estaban ávidos de éxito. Los hombres satisfechos se quedaban al margen mientras otros se ocupaban de todo, y Donovan sabía que nunca podría ser ese tipo de persona.

Deseaba a Cassidy. Deseaba la paz que ella había llevado a su vida, aun sabiendo que todo aquello era una falsedad. Era imposible que aquel momento se alargara mucho más. Su trabajo volvería a interponerse entre ellos.

Cassidy había conectado su iPod a los altavoces que rodeaban la piscina, y un repertorio de canciones románticas acompañaba la bonita velada. Después de haberla abrazado y besado, lo único que Donovan deseaba era hacerle el amor.

Pero tenía que hablar con ella. Tenía que decirle que casi nadie de su familia sabía que estaban casados, y necesitaba dejarle muy clara la situación que se avecinaba.

Una parte de él no quería hacerlo. Eran asuntos de trabajo y no debería preocupar a Cassidy con ellos. Aquel matrimonio era lo que ella siempre había querido. Y él iba a hacer que todo se resolviera en Tolley-Patterson.

–Me estás mirando.

–¿Sí? –preguntó él.

Ella asintió.

–¿Por qué?

–Porque quiero hacerlo.

Ella arqueó las cejas.

–¿Por qué quieres hacerlo?

Una cosa que siempre lo había atraído de ella era el brillo de sus ojos al reírse o tomarle el pelo. No sólo cuando se burlaba de él. Su carácter alegre y divertido le resultaba irresistible.

–Me sorprende que alguien tan distinguido como tú haga algo tan grosero como mirar fijamente a una persona.

–Bueno, siempre he sido un poco rebelde.

–Sí… siempre me ha gustado esa faceta tuya.

–¿Qué más te gusta de mí?

–Tu trasero.

Aquello lo sorprendió tanto que se echó para atrás en la silla.

–A mí también me gusta el tuyo.

–Lo sé –dijo ella, imitando la misma respuesta que él le había dado antes.

Brown-Eyed Girl, de Van Morrison, empezó a sonar por los altavoces. Donovan se levantó e hizo ponerse en pie a Cassidy.

–Ésta es mi canción –dijo ella.

Él lo sabía. Siempre había sido la canción de Cassidy. Ella empezó a moverse al ritmo de la música, con sus ojos brillantes y su corta melena agitándose sobre los hombros. Y Donovan supo entonces que aquella chica de ojos marrones era tan importante para él como Tolley-Patterson.

La tomó de la mano y la estrechó entre sus brazos. Ella empezó a cantar con una voz ligeramente desafinada mientras bailaban alrededor de la piscina.

De repente, echó la cabeza hacia atrás y lo miró.

–Tenía miedo de ser yo misma contigo.

–¿Qué quieres decir?

–Nuestra boda fue muy precipitada, y aún no estoy del todo segura de por qué has vuelto... –se separó de sus brazos–. Supongo que esa parte de mí no quería arriesgarse.

–Lo entiendo. Para mí ha sido igual, trabajando y manteniendo mi rutina de siempre.

–Exacto, pero yo no trabajo y he tenido que quedarme en casa, casi volviéndome loca porque no podía imaginarme lo que te pasaba.

–¿Y ya lo sabes? –preguntó él, deslizándole las manos por la espalda.

–Sé lo que me pasa a mí. Durante mucho tiempo me sentía perdida, sin saber qué hacer, tan sólo esperando a que Van naciera para dar el siguiente paso. Pero ahora Van está aquí, y tú estás aquí. Y yo también tenía que llegar hasta aquí.

Escuchándola, Donovan se sentía como un canalla. Él no estaba allí por ninguna razón filosófica, sino porque la necesitaba.

–Mi recorrido hasta llegar aquí no ha sido como el tuyo.

–No importa. No se trata de ti.

–¿Debería sentirme ofendido?

Ella se encogió de hombros.

–Si tú quieres...

–No. Sigue contándome por qué tienes miedo de ser tú misma –le pidió él. La voz de Van Morrison dejó paso a *Virtual Insanity,* de Jamiroquai. Siguieron bailando y Cassidy le sonreía cada vez que se giraba hacia él.

–No sabía si aún podías desearme, ya que he cambiado mucho como mujer.

–¿En qué sentido? ¿Por ser madre?

–No. Me refiero a mi cuerpo. He ganado peso y nunca podré recuperar el vientre liso que tenía antes.

Él la detuvo bruscamente.

–Me encanta tu cuerpo, Cassidy. Los vientres lisos no me atraen... tú sí.

Ella inclinó la cabeza hacia un lado y lo miró fijamente, como si pudiera ver el interior de su alma.

–¿De verdad? Lo primero que alabaste de mí fue mi físico.

–Sólo porque pensé que parecería ridículo si te decía que me encantaba tu risa y la manera que tienes de sonreír.

Ella adoptó una expresión muy seria.

–¿Lo dices en serio?

–Siempre hablo en serio.

Ella lo rodeó con los brazos y lo apretó con tanta fuerza que Donovan sintió el abrazo en su corazón.

–Estar casada contigo me ha hecho increíblemente feliz.

Apoyó la cabeza en su hombro y él la abrazó débilmente, desesperado por aferrarla contra su cuerpo. Según su abuelo, los hombres que temían perder aquello que tenían estaban en desventaja. Dejaban de mirar al futuro y sólo se preocupaban por el presente. Eran los hombres a los que la vida dejaba atrás.

Capítulo Ocho

Cassidy estaba sentada frente al tocador cuando Donovan entró en el dormitorio después de haber acostado a Van en su cuna. Encendió el baby monitor de la mesilla e intentó sofocar su libido. El sexo tradicional era impensable; ella le había dicho que no podría hacerlo hasta pasadas unas semanas. Pero deseaba hacer el amor con ella esa noche, seducirla con sus labios y sus manos para convencerla de que seguía encontrándola atractiva.

–Gracias por ocuparte de Van.

–De nada –respondió él, observándola en el espejo. Caminó hacia ella y puso las manos en sus hombros. Su piel era exquisitamente suave y olía a flores.

Se inclinó y le rozó el hombro con los labios. Avanzó hacia el cuello, retirando los finos tirantes del camisón para besar cada palmo de su piel desnuda.

–Donovan –susurró ella.

–¿Sí, cariño?

Ella se giró en el taburete y le rodeó los hombros con los brazos para besarlo. «Con calma», se dijo Donovan a sí mismo. Pero era imposible proceder tranquilamente con aquella mujer. Era la tentación femenina personificada. La levantó del taburete y la sentó sobre el tocador. Llevó las manos hasta el borde del camisón y se lo subió hasta acariciarle la entrepierna. Estaba ardiente y empapada de deseo.

Cassidy soltó un gemido ronco y él respondió apretando su erección contra ella, frotándole la ingle hasta que pensó que iba a explotar. Deslizó los tirantes del camisón por sus brazos hasta descubrir la aureola rosada de los pezones. Entonces agachó la cabeza y usó los dientes para seguir bajándole la tela.

Los pezones aparecieron hinchados y endurecidos. Pasó la punta de un dedo sobre ellos y la hizo temblar en sus brazos.

Volvió a bajar la cabeza y atrapó un pezón con la boca. Ella se aferró a él con una fuerza que lo sorprendió, deslizó las manos bajo la camiseta que se había puesto para dormir y le hincó las uñas en los pectorales.

A Donovan le gustó la sensación. Ella se echó hacia atrás y él mantuvo las manos sobre sus pechos, acariciándole los pezones mientas ella le subía la camiseta hasta las axilas. Él la soltó por un momento para quitarse la camiseta y arrojarla al suelo, y dejó escapar un gruñido cuando ella se inclinó para besarlo en el pecho, mordiéndolo y lamiéndolo, haciéndolo sentirse como un juguete en sus manos. Él quería recostarse y dejar que jugara con él a su antojo, pero no había tiempo para la seducción ni los juegos preliminares.

La apretó contra él y la levantó ligeramente para que los pezones le rozaran el pecho. Sujetándola con cuidado, empezó a frotarse contra ella. La sangre le rugía en los oídos. Estaba tan excitado que se moría por penetrarla. Pero aquella noche tendría que concentrarse en otras cosas.

Le quitó el camisón con impaciencia y le acarició los muslos cremosos. Ella gimió con más fuerza a medida que se acercaba a la entrepierna, y ahogó un suspiro cuando le rozó la húmeda entrada a su cuerpo. Estaba caliente, mojada y preparada. Él deslizó un dedo en su interior y sintió cómo las paredes de su sexo se contraían a su alrededor. Dudó un momento, mirándola a los ojos semicerrados. Ella se mordió el labio y él sintió los movimientos de sus caderas al intentar guiar su tacto al punto deseado.

Donovan no quería provocarla ni prolongar la agonía. Empujó dos dedos en su interior y ella se retorció contra él.

Tenía que devorarla... ahora.

Apartó el taburete de una patada y se arrodilló ante ella.

–¿Qué haces? –preguntó ella con voz ronca.

–Cuidar de ti.

Ella murmuró algo incomprensible y él bajó la cabeza hasta tocarla con la lengua. Los muslos de Cassidy se tensaron alrededor de su cabeza mientras él metía y sacaba los dedos de su cuerpo. Enredó las manos en su pelo cuando él le atrapó la carne ultrasensible entre los dientes, pero Donovan le agarró las manos y las llevó a la fría superficie del tocador.

–Agárrate.

–Sssssí… –susurró ella.

Y entonces Donovan oyó los débiles ruiditos que hacía justo antes de llegar al orgasmo. Sintió cómo se le endurecía todo el cuerpo y mantuvo la presión de sus dedos hasta que un fuerte temblor la sacudió.

Se levantó y se apoyó en el tocador, intentando recuperar el aliento.

–¿Donovan? –lo llamó ella. Intentó agarrarlo, pero él se separó.

–No me toques, cariño. En estos momentos me muero de deseo por ti.

Ella metió la mano entre sus cuerpos y le rodeó la erección.

–Déjame que…

–Esta noche no. Esta noche es para ti. Quería que te durmieras en mis brazos sabiendo lo mucho que te deseo y lo atractiva que eres para mí.

–Gracias –dijo ella.

–De nada, cariño.

Cassidy nunca se había sentido tan deseada como se sintió aquella noche en brazos de Donovan. La llevó a un orgasmo tras otro, y sólo accedió a satisfacer sus propias necesidades cuando ella insistió en que también necesitaba disfrutar con la sensualidad de su cuerpo. Finalmente cayó exhausta y rodeada por sus brazos, y se acurrucó contra su costado sintiendo la fuerza y la seguridad que emanaban de él.

Pero aquella paz se desvaneció en el desayuno, cuando leyó un artículo en las páginas de economía sobre el nacimiento de su hijo en el que se referían a ella como la antigua novia de Donovan. Leyó el artículo dos veces y averiguó un poco más de la situación que afrontaba Donovan en el trabajo. El periodista sugería que o bien Sam Patterson o bien Donovan Tolley sería nombrado director general de Tolley-Patterson en la reunión que la junta directiva celebraría en enero.

Cassidy se acabó el zumo de naranja mientras esperaba a que Donovan terminara de vestirse para ir a trabajar. Oyó el teléfono y un momento después la señora Winters le llevó el teléfono inalámbrico.

–Es su madre.

–Gracias –dijo Cassidy, y esperó a que la señora Winters saliera de la cocina para responder–. Hola, mamá.

–¿Has leído el periódico de esta mañana? –preguntó su madre. Se oía mucho ruido de fondo. Música alta y el zumbido de la cinta andadora de su madre.

–Lo acabo de leer.

–¿Qué es esto? ¿Por qué este artículo hace pensar que Donovan y tú no estáis casados?

–No lo sé, mamá. Donovan está arriba, vistiéndose.

–Tu padre está muy indignado... Creo que Adam va a llamar al editor del periódico.

–No dejes que lo haga, mamá.

–¿Por qué no?

–Porque yo quería mantener el matrimonio en secreto.

–Cassidy…

–Necesitaba tiempo para adaptarme a la nueva situación, y no quería que la gente pensara que Donovan se casaba conmigo sólo por mi embarazo.

–¿A quién le importa lo que piense la gente?

–A la familia de Donovan.

–Están demasiado seguros de sí mismos. No debería importarte lo que piensen.

–Lo sé, mamá.

El teléfono emitió un pitido, avisándola de que tenía otra llamada en espera. Le prometió a su madre que la volvería a llamar y pulsó el botón para recibir la llamada entrante.

–Hola –la saludó Emma–. Prepárate antes de abrir el periódico de hoy.

–Ya lo he visto –respondió ella.

Tendría que haber pensado en las consecuencias de mantener su boda con Donovan en secreto. Sólo había querido celebrar una ceremonia tranquila y discreta para que todos pudieran adaptarse a los cambios. ¿Cómo reaccionaría Donovan cuando descubriera que su tío le había mentido a la hora de guardar el secreto? Cassidy sabía que la honestidad era una de las piedras angulares de Tolley-Patterson.

–Muy bien. ¿Qué está pasando?

–Um… ¿Recuerdas lo insegura que estaba cuando Donovan me propuso el matrimonio?

–Sí.

–Bueno, pues yo le pedí que mantuviera la discreción. No quería que todo Charleston pensara que se casaba conmigo por el bebé.

–¿Por qué no?

Cassidy se rodeó la cintura con un brazo.

–Por si acaso cambiaba de opinión.

–Oh, Cassidy.

–Lo sé. Es terrible.

–¿Qué es terrible? –preguntó Donovan–. ¿Van? –entró en la cocina y besó a Cassidy en la cabeza–. ¿Estás bien?

–Emma, te llamaré más tarde.

Dejó el teléfono mientras Donovan se servía una taza de café. ¿Cuál sería su reacción al leer el artículo? Siempre había odiado que la información personal se filtrara a la prensa.

–Hay un artículo sobre ti y Van en el periódico de hoy.

–¿Sólo de mí y de Van? –preguntó él, alargando la mano hacia el periódico. Ella se lo tendió por las páginas de economía.

–Sí. A mí sólo se me menciona como tu antigua novia.

–¿Quién te menciona de esa manera? –preguntó Donovan, hojeando las páginas en busca del artículo.

–Theo Tolley –respondió ella. Sólo había visto al tío de Donovan una vez, y gracias al artículo sabía que era el director general en funciones hasta la próxima reunión de la junta.

–Maldita sea... No es lo que parece.

–¿El qué no es lo que parece? Tus padres estuvieron en la boda, ¿no? Yo quería mantenerlo en secreto, de acuerdo, pero no pretendía que fingieras que no estamos juntos.

Donovan leyó rápidamente el artículo.

–No estoy fingiendo que no estamos juntos.

–De acuerdo –accedió ella–. Tan sólo sugerí que mantuviéramos la boda en secreto, pero no imaginé cómo me sentiría al leer algo así. Me hace sentir como si ni siquiera formara parte de la vida de nuestro hijo.

–Hay una furgoneta de las noticias delante de la casa –dijo la señora Winters, entrando en la cocina.

–¿Dónde?

–Al borde del jardín.

Cassidy tuvo el presentimiento de que su historia no sólo tenía interés para las noticias financieras. Para una sociedad tan seria y tradicional como la de Charleston, aquello era un escándalo. Especialmente por las diferencias que existían entre su familia y la de Donovan.

–Esto es una locura –la noche anterior había sido como un verdadero comienzo en su relación con Donovan, y lo último que quería en esos momentos era enfrentarse a los medios de comunicación–. No sólo se trata de un simple artículo en el periódico. Si alguien se pone a investigar, nuestro matrimonio saldrá a la luz, y entonces tu tío quedará como un estúpido. No sé qué hacer... Debería llamar a mi padre y contarle lo que está pasando.

–Cassidy...

–Estoy segura de que tendrás algún plan, como siempre. Pero mi padre está acostumbrado a hablar con la prensa, y puede ayudarnos.

–Tu padre no puede implicarse en esto. Y no le vas a decir nada a la prensa. Ni tú ni nadie de tu familia.

–¿Me tomas el pelo?

–No, te estoy hablando completamente en serio, Cassidy. Llama a tus padres ahora mismo y diles que no digan nada.

–Donovan...

–¿Qué? –preguntó con impaciencia.

–Tenemos un problema. No acepto órdenes de nadie, y mi familia tampoco –sabía que Donovan ya estaba trazando sus planes de acción, pero de ninguna manera iba ella a llamar a sus padres para decirles lo que tenían que hacer.

–Hasta que hayamos resuelto este problema, tú y tu familia tendréis que aceptarlas –sentenció él, y salió de la cocina con paso firme y decidido.

La primera llamada de Donovan fue a un viejo compañero de la facultad, Jamie, que trabajaba para una filial de la NBC en Charleston.

–Ahora mismo estás en el candelero –le dijo Jamie–. El testamento de tu abuelo se acaba de filtrar a la prensa.

Donovan se puso rígido al oírlo.

–¿Quién lo ha filtrado? –preguntó, recuperando su legendaria frialdad. Analizó rápidamente la situación y decidió que lo primero era librarse de la prensa. En cuanto a Cassidy… aquello iba a llevarle más tiempo.

–No lo sé. Sólo quería darte los titulares.

–Gracias, Jamie.

–De nada. Supongo que no tendrás ningún comentario…

–Ahora mismo no.

Colgó y llamó a su tío. Theo tenía conectado el buzón de voz, lo cual no era extraño. El testamento de su abuelo no era el primero que incluía aquella clase de cláusulas, pero nadie de la junta quería que saliera a la luz.

–¿Cómo va el asunto? –le preguntó Cassidy, entrando en su despacho.

Llevaba a Van en brazos y parecía preocupada. Al verla respirando hondo y soltando lentamente el aire, Donovan se dio cuenta por primera vez de que sus prioridades estaban equivocadas. No le importaba lo que hiciera la junta o lo que publicara la prensa. Tenía que solucionar aquello por Cassidy.

–Creo que será mejor que me ocupe yo de esto –dijo ella–. Puedo decir que no estaba preparada para hablar con la prensa después de dar a luz, y que tu familia guardó silencio por preocupación –lo miró fijamente–. ¿Qué te parece?

Él no dijo nada. No podía comprender que Cassidy estuviera dispuesta a asumir la responsabilidad por algo que ni siquiera era culpa suya. Tenía que actuar. No había previsto aquella jugada de Theo en público. Tendría que enfrentarse a toda la junta para llegar al fondo del asunto.

A juzgar por la mención de Cassidy en el periódico, Theo estaba tramando algo, pero Donovan no iba a responder al uso abusivo del poder.

–Eres muy generosa, pero soy yo quien debe ocuparse de esto –dijo.

–Bueno, creo que deberíamos hacerlo juntos. Voy a preparar una declaración para que no parezca que estoy ignorando a la prensa.

Donovan no quería que la historia fuera más allá. Tenía que llamar a Marcus y concertar una reunión con su equipo. No importaba que fuera sábado.

–No. No vas a hacer nada de eso –declaró. Sacó el móvil del bolsillo y mandó un mensaje de texto a su asistente personal. Al levantar la mirada, vio que Cassidy lo miraba furiosa–. ¿Qué pasa?

–¿Me acabas de decir lo que tengo que hacer? ¿Otra vez?

–Sí, eso es lo que he hecho. Y voy a seguir haciéndolo.

–¿Disculpa?

–Ya me has oído.

–Te estás comportando como un...

–¿Cretino? Sí, lo sé. Pero no estás preparada para enfrentarte a un montón de periodistas ávidos por conseguir una noticia. Y eres demasiado mayor para que se ocupe tu padre. Yo me encargaré de solucionar este problema...

–¿Problema? ¿Te refieres a nuestro matrimonio y nuestro hijo?

Cassidy estaba a punto de derrumbarse. Donovan podía verlo en sus ojos y en la manera con que sostenía a su hijo, pegado a ella.

–No, claro que no. Tú y Van sois lo mejor que me ha pasado nunca.

Se lo dijo con intención de consolarla, pero las palabras también resonaron en su interior. Necesitaba a Cassidy y a su hijo.

Llamaron a la puerta, pero Donovan no hizo caso.

–Creo que lo mejor será que Van y tú os mantengáis en un segundo plano hasta que haya hablado con mi gente. Por favor.

–Muy bien –se limitó a decir ella.

La señora Winters llamó a la puerta del despacho.

–Sam Patterson está aquí.

Lo último que Donovan quería era ver a Sam, pero no le quedaba otro remedio, ya que el testamento se había hecho público.

–Estaré con él en un minuto. Pídele que espere en el invernadero.

–No –dijo Cassidy–. Hazlo pasar aquí. Me iré arriba y os dejaré solos.

Quedaba mucho por resolver entre ellos. Donovan aún no le había dado ninguna explicación, y sólo era cuestión de tiempo que ella descubriera toda la verdad.

–¿Cassidy?

–¿Sí?

–Tengo que decirte una cosa…

En ese momento Sam entró en el despacho sin llamar. Le ofreció una vaga sonrisa a Cassidy y se volvió hacia Donovan.

–Tenemos que hablar.

–Ahora no –dijo Donovan.

–Sí. Ahora. Cassidy y tú podéis acabar vuestra conversación más tarde. Lo primero es Tolley-Patterson.

–Hoy no.

–¿No? Bueno, en ese caso nuestra conversación será muy corta –dijo Sam–. Supongo que eso significa que seré el nuevo director general.

–No, no significa eso –dijo Cassidy, girándose hacia Donovan–. Habla con tu primo. Podemos acabar nuestra discusión más tarde.

Se dio la vuelta y Donovan observó cómo salía del despacho.

Empezaba a entender cuánto la amaba.

Capítulo Nueve

–Oh, Dios mío. No vas a creértelo, pero Donovan te necesitaba a ti y al bebé –declaró Emma, irrumpiendo en el salón.

–¿De qué estás hablando?

–Del testamento. Lo que te dije que había oído en la fiesta de mis padres. Según el testamento de Maxwell, el próximo director de la empresa será Sam o Donovan, pero para ello tendrán que cumplir unos requisitos muy específicos.

–No me extraña. Siempre les estaba planteando los retos más difíciles –dijo Cassidy–. Y es lógico que sea Sam o Donovan quien se haga cargo de la empresa. Los dos son jóvenes y tienen la experiencia y la energía necesarias para llevar a la empresa a lo más alto.

–No digo que no. Pero había algo más en el testamento... la razón que ha traído a los periodistas a tu puerta.

Cassidy esperó en silencio, sintiendo una punzada de aprensión. Había algo que Donovan no le había dicho. Un secreto que le había estado ocultando.

–¡Tienen que casarse y tener un heredero para poder aspirar al puesto de director general!

Cassidy se alegró de estar sentada. El estómago se le revolvió y sintió que estaba a punto de desmayarse. Pensó en los lazos que Donovan y ella habían forjado la noche anterior, y se dio cuenta de que su marido sólo había estado interpretando su papel: hacer lo que creía necesario para que ella fuese feliz.

Había temido que Donovan se casara con ella sólo por su hijo, pero se consolaba pensando que lo hacía por un fuerte sentido de la responsabilidad. Jamás se había imaginado que pudiera caer tan bajo. Sabía que la empresa lo significaba todo para él, pero ocultarle la verdadera razón de su boda era lo más despreciable que podía hacer.

–¿Cassidy? ¿Estás bien?

–Sí, estoy bien –respondió ella, aunque sabía que no era cierto.

O quizá sí lo fuera. Había amado a Donovan Tolley desde la primera sonrisa que él le regaló. Lo había amado a pesar de que siempre había antepuesto a ella su trabajo y su carrera. Lo había amado a pesar de que la había dejado sola todos esos meses.

Y finalmente había dejado de amarlo.

Bueno, aquello tampoco era cierto. Aún lo amaba, pero al fin tenía la prueba de que era él quien no la amaba a ella. La prueba de que nunca la amaría como ella quería ser amada.

–Lo siento –dijo Emma.

–¿Por qué?

–Por ser yo la que te lo haya dicho. Pero no podía dejar que te enteraras por algún periodista.

–Gracias, Emma. Necesitaba saberlo. Pero, ¿qué voy a hacer ahora?

–Llévate a Van. Que Donovan sepa que contigo no puede tener una esposa ni un heredero. Se lo merece por lo que te ha hecho.

–Emma… no puedo hacer eso.

–¿Por qué no? A él no le importó hacerte daño.

¿Sería verdad? Cassidy no lo sabía, y en aquellos momentos no podía reflexionar sobre ello. Lo único cierto era que el sufrimiento le impedía pensar en cuál debía ser su próximo paso. Necesitaba un poco de espacio.

Su teléfono móvil empezó a sonar y miró el identificador de llamada. Era su madre.

–¿No vas a responder? –le preguntó Emma.

–Ahora no –dijo Cassidy, presionando el botón para ignorar la llamada.

Dejó el móvil en la mesa y tomó a Van en brazos para consolarse con el amor que sentía por su hijo. Pero cuando lo miró a los ojos, se quedó profundamente impactada al ver la parte tan grande que era de Donovan y de ella. Una parte de las mentiras que ella había estado diciéndose a sí misma durante tanto tiempo.

Emma la estaba mirando, y Cassidy supo que tenía que hacer algo.

–Gracias por decírmelo. Voy a…

¿A qué? En aquel instante quería que Donovan experimentara el mismo sufrimiento que ella. Porque cuanto más pensaba en el artículo del periódico, más sospechaba que Donovan había guardado silencio sobre su matrimonio deliberadamente, quizá para poder valerse de ello cuando llegara el momento.

–No voy a dejarte. Vamos a solucionar esto juntas. Y creo que lo primero que hay que hacer es…

–Nada –la interrumpió Cassidy–. Quiero ver lo siguiente que hará Donovan. Todo este tiempo ha estado siguiendo un plan, y quiero esperar a su último movimiento.

–¿Y luego le dirás que todo ha acabado?

Cassidy pensó en la pregunta. En esencia, todo había acabado entre ellos. Aquélla era la clase de golpe del que una relación no podía recuperarse. La única solución sería que Donovan la amara más de lo que amaba su trabajo. Que ella fuera más importante para él que la única cosa en la que siempre había buscado su consuelo.

Se tranquilizó un poco al darse cuenta de que los dos estaban juntos en la misma trampa, porque Donovan no podía cambiar lo que era y ella no quería dejar de amarlo. Y ésa era la única manera de que ambos pudieran ser felices.

Donovan nunca la amaría, y ella nunca podría soportar la humillación de saber que sólo había vuelto a su vida para vencer a su primo en la carrera por el puesto.

Emma seguía mirándola, y Cassidy decidió que era el momento de enterrar sus emociones y seguir adelante. O al menos de crear una falsa ilusión.

Por dentro estaba llorando por los sueños perdidos, pero por fuera podía fingir que todo estaba superado. Sonrió y se levantó con su hijo en brazos.

–Salgamos –le dijo a Emma. No estaba dispuesta a seguir escondiéndose.

***

Sam se paseaba por el despacho de Donovan. Siempre había visto a su primo como un adversario, y nada en sus respectivas vidas había cambiado esa impresión. Las pocas veces en que habían trabajado juntos, cada uno lo había hecho a su manera y marcando sus propios tiempos.

Aquella situación no era distinta. Nunca podrían ser amigos. Pero en lo que concernía a Tolley-Patterson, Sam sabía que ambos harían lo que fuera para asegurar que la empresa siguiera creciendo.

–Tenemos que averiguar de dónde ha venido la filtración. Esta clase de noticias nos deja en una posición muy vulnerable, y a los inversores no les va a hacer mucha gracia que una esposa y un hijo sean los principales requisitos para su nuevo director general.

–Cierto –corroboró Sam–. Le he pedido a Kyle, de mi equipo, que utilice sus contactos para intentar localizar el origen de la filtración.

Donovan asintió. Por su parte, llamaría a Jamie más tarde para ver si había averiguado algo más.

–Voy a pedirle a Theo y al resto de la junta que se encargue de esto. Ya le he enviado un mensaje a Franklin, de Relaciones Públicas, pidiéndole que emita un comunicado de prensa si es necesario.

–¿Por qué has hecho eso?

–El testamento del abuelo era demasiado sensacionalista para no hablar de ello. Emma, la amiga de Cassidy, ya había oído algunos rumores, por lo que sólo era cuestión de tiempo.

–Deberías haberme mantenido informado sobre esto.

Donovan se encogió de hombros. Seguramente debería haberlo hecho, pero el testamento había sido una de las muchas cosas en las que Sam y él nunca habían coincidido. Si se hubieran puesto de acuerdo, podrían haber rechazado el testamento ante la junta directiva. Pero Sam se había negado a hacerlo.

–Ya es demasiado tarde. Franklin publicará una declaración oficial de la empresa, y creo que tú y yo no deberíamos hacer ningún comentario.

–Le he pedido a la junta que convoque una reunión de urgencia para mañana por la tarde. Creo que deberíamos estar preparados para el nombramiento de un nuevo director general. Theo no está capacitado para resolver situaciones como ésta, y creo que nuestros inversores necesitan estar tranquilos al respecto.

–Estoy de acuerdo –dijo Donovan–. Tengo a dos de mis hombres controlando nuestra carrera por el puesto.

Sam arqueó una ceja.

–Supongo que estamos juntos en esto.

–Eso parece.

–¿Alguna vez te has preguntado por qué el abuelo siempre nos puso en contra el uno del otro? –preguntó Sam.

–La verdad es que no. Supongo que tú y yo siempre hemos estado compitiendo. No recuerdo ni un solo momento en que no fuera así.

Él había ido a Harvard y Sam, a Yale. Los dos habían hecho las prácticas en algunas de las empresas más ricas del mundo. Donovan se daba cuenta de que siempre había estado solo. Simplemente, trabajaba mejor consigo mismo que en compañía de otros. Y eso lo hacía estar receloso de la situación actual con Sam y la empresa.

–No sé si puedo trabajar contigo en esto –dijo Sam–. Mi instinto me dice que hable con la prensa.

–Pero eso no sería lo mejor para Tolley-Patterson –observó Donovan.

–No, no sería lo mejor –concedió Sam–. ¿Alguna vez has deseado que fuéramos dos tipos normales y corrientes?

–¡Jamás! –exclamó Donovan, horrorizado.

Sam se echó a reír.

–Me pregunto si el abuelo se imaginaba cómo sería nuestro camino hacia la cima.

–¿Quién sabe? Al viejo siempre se le dio bien pensar en todas las variables posibles. Pero no creo que pudiera haber predicho lo que pasaría con Cassidy y conmigo.

Sam se recostó en la silla.

–Yo no estoy tan seguro.

–¿Qué quieres decir?

–Basta con mirar a Cassidy para saber que te ama. Y creo que el abuelo siempre quiso eso para ti.

Donovan no sabía adónde quería llegar Sam, pero no quería hablar de Cassidy o de lo que ella sintiera por él con su primo.

Se puso a discutir otros temas y pronto tuvo la

sensación de que incluso Sam sabía que él era el más adecuado para dirigir la empresa. Se pasaron el resto del día en el despacho, hablando por teléfono con la junta y los inversores para intentar infundirles seguridad.

–Gracias por el trabajo de hoy, Sam –le dijo Donovan cuando su primo se preparaba para marcharse.

–No tienes que darme las gracias. También es mi empresa.

–Sí, pero desde hoy los dos sabemos que el puesto de director será para mí.

–¿Cómo estás tan seguro?

–Ya oíste decir a Theo que se negaron a rescindir las cláusulas del testamento. La junta se reunirá mañana, y voy a someter a votación la elección del nuevo director. Estarás de acuerdo conmigo en que soy el mejor candidato.

Sam se levantó.

–Piensa lo que quieras. Si le pido a la junta que posponga la votación o que tenga en cuenta que mi esposa puede estar embarazada...

–Hagas lo que hagas, los dos sabemos que esperar no es la mejor opción. Tenemos que ofrecer la imagen de una empresa que puede ofrecer algo más que el testamento del abuelo. La única manera de conseguirlo es nombrando a un nuevo director general, y yo soy la opción más lógica –concluyó, y abrió la puerta del despacho para acompañar a Sam a la salida.

–No te molestes –dijo Sam–. Ya conozco el camino.

***

Cassidy se chocó con Sam cuando éste salía por la puerta. Llevaba a Van atado al pecho y tenía los brazos cargados con las bolsas de las compras que había hecho con Emma.

Sam la sujetó para que no perdiera el equilibrio y miró a Van.

–Espero que sepas dónde te has metido.

–¿Qué quieres decir?

–Teniendo un hijo con un hombre que sólo vive para su empresa.

Cassidy no estaba segura de lo que había pasado, pero nunca había visto a Sam tan alterado. Y aunque en esos momentos estaba muy disgustada con Donovan, no iba a criticarlo delante de su más encarnizado rival.

–Donovan siempre hace lo que cree que es mejor para Tolley-Patterson porque quiere lo mejor para su familia.

Sam la miró con ojos entornados.

–No puedo creer que lo estés defendiendo. Sabes que te ha usado.

–¿Cómo lo sabes?

–Volvió contigo sólo para derrotarme. ¿Qué te parece? No eres más que una yegua de cría en manos de un ególatra.

No le estaba diciendo nada que Cassidy no se hubiera imaginado por sí misma, pero no estaba dispuesta a condenar a Donovan, por muy aborrecibles que hubieran sido sus actos.

–Y tú no eres más que un hombre amargado y resentido que no se atreve a admitir que no es tan bueno como su rival –dijo, desesperada por intentar mantener la compostura. Sam acababa de expresar en voz alta todo lo que ella había estado pensando durante mucho tiempo.

Creía, al igual que Sam, que Donovan la había estado usando. Seguramente desde el primer momento, cuando empezaron a salir un año antes. Mucho antes de que Van hubiera sido concebido y que el testamento de su abuelo demandara un heredero.

Ni siquiera la convicción de que Donovan no podía cambiar su forma de ser podía hacerle ignorar el hecho de que le había mentido. Le había hecho creer que había vuelto con ella porque sus sentimientos habían cambiado. Pero ella había empezado a sospechar que tal vez no lo amaba tanto como había creído si no podía comprender que lo primero para Donovan siempre sería su trabajo. Era algo que Cassidy sabía con toda certeza. Siempre lo había sabido.

–Lo siento por ti –dijo finalmente, acariciando a su bebé durmiente. No importaba la razón por la que Donovan hubiera vuelto; tenía a Van, y eso era lo más importante.

–¿Por qué?

–Porque estás tan ocupado fijándote en Donovan y culpándolo de sus defectos que no te has mirado a ti mismo. Tú eres el único que puede controlar tu vida.

–Podría decir lo mismo de ti.

–¿Cómo? –preguntó ella, dejando las bolsas para desatar a Van.

–Ves a Donovan como quieres verlo, no como realmente es. Date la vuelta para que pueda desatarte el portabebés.

De repente, Sam volvía a ser el hombre amable y servicial que ella había conocido en otras ocasiones. Era extraño pensar que fuera el rival de Donovan, siendo mucho más sociable y capaz de trabajar en equipo de lo que su primo sería jamás.

Donovan era un solitario. Y ella tendría que haberse dado cuenta mucho tiempo antes.

–No sé si confío en ti para darte la espalda…

–Oye, siento haberte atacado como lo hice –se disculpó Sam–. Pero al ver a tu hijo… recordé una conversación que tuve con mi abuelo la Navidad pasada.

–¿Qué te dijo?

Sam sacudió la cabeza.

–Que teníamos que recordar que Tolley-Patterson siempre miraba al futuro, y que no seríamos la última generación que dirigiera la empresa de nuestra familia.

–Tal vez por eso quería que su próximo director general tuviera un hijo –sugirió Cassidy. Parecía que Maxwell Patterson había querido controlar a sus nietos hasta donde le fuera posible.

–Tal vez –dijo Sam–. Siento todo lo que te he dicho. Parece que sabes muy bien lo que haces con tu vida y con Donovan.

Cassidy sonrió e intentó mostrar una imagen de confianza. Pero no estaba segura de poder fingir, porque en realidad no sabía lo que podía esperar de Donovan.

–Supongo que sí.

–El resto de la familia no va a aceptar tu matrimonio, Cassidy.

–¿Por qué no?

–Las declaraciones del tío Theo a la prensa... ¿Has leído el artículo?

–Sí, lo he leído.

–Bueno, él sabe que Donovan y tú volvéis a estar juntos, y está intentando separaros.

–¿Por qué?

Sam volvió a sacudir la cabeza.

–No tiene nada que ver contigo, en serio.

–¿Y con quién tiene que ver? ¿Con Van? No voy a permitir que tu tío o Tolley-Patterson se conviertan en lo más importante para mi hijo. No quiero que crezca de esa manera.

Sam sonrió.

–Veo que Donovan ha elegido a la mujer adecuada para ser la madre de sus hijos.

El cambio de actitud en Sam era tan radical que Cassidy no sabía si creerlo.

–Gracias.

–¿Necesitas que te eche una mano con las bolsas?

–No, gracias.

–En ese caso, buenas noches –se despidió, y se dirigió hacia su Mercedes para marcharse.

Mientras lo veía alejarse, Cassidy se preguntó qué iba a hacer con su matrimonio y con el futuro de su hijo.

Capítulo Diez

Donovan no salió de su despacho hasta pasada la medianoche. No había hablado con Cassidy, pero sin duda debía de saber que se había casado con ella únicamente para cumplir con el testamento de su abuelo. La carencia de comunicación entre ellos hablaba por sí sola.

Se pasó una mano por los ojos. Los sentía arenosos y la espalda le dolía por haber estado sentado durante tantas horas.

La casa estaba en silencio y la temperatura era fresca gracias al aire acondicionado. Subió la escalera hasta el rellano del segundo piso, donde estaba una de las esculturas de su padre. Era una estatua de él mismo, tal y como era en su primer año universitario. El parecido del frío mármol era escalofriante. La misma expresión distante, los mismos ojos vacuos...

Verse a sí mismo reflejado en piedra siempre lo hacía luchar y trabajar más duro. Su abuelo solía decir que el chico esculpido en aquella efigie tenía el potencial y el arrojo necesarios para cambiar el mundo. Y Donovan recordaba aquellas palabras cada vez que pasaba junto a la estatua.

Pero ahora era quince años mayor y había cambiado.

Sin duda había cambiado... ¿O no?

Entró en el dormitorio principal y lo encontró vacío y silencioso. Permaneció en el umbral, sintiendo la futilidad de su victoria. Las largas horas que había pasado en la oficina durante la última semana habían asegurado su triunfo. Al día siguiente sería oficialmente declarado nuevo director general de Tolley-Patterson.

Y estaba más solo que nunca.

Vio una nota que había dejado Cassidy. El papel tenía su nombre en relieve. No el nombre de soltera, sino su nuevo nombre de casada.

Desdobló el papel y pasó el dedo sobre su firma. Era bonita y delicada, muy femenina, y fiel reflejo de la mujer que era.

Donovan,

Odio marcharme sin decirte nada, pero no podía esperarte. Necesito alejarme de aquí para pensar en todo esto. Creo que cometí un error al casarme contigo tan rápido, sin llegar a comprender cuáles eran tus necesidades.

Van y yo nos vamos a mi casa, donde podré tener el espacio que necesito para poder pensar. Sé que estarás muy ocupado con la empresa y tu nuevo puesto. Intuyo que vas a ser el nuevo director general.

Ojalá sea lo que esperabas.

Cassidy

Arrojó la nota a la cama y salió del dormitorio. La casa era un monumento a su éxito. Tenía todo lo que se podría desear.

¿Y para qué?

Apartó el pensamiento de su cabeza. Cassidy sólo era una mujer. Había vivido muy bien sin ella durante los ocho meses que habían estado separados. Bajó al bar del salón y se sirvió un trago.

Entonces oyó un ruido tras él y se giró para ver una sombra en la puerta.

–¿Cassidy?

Ella entró en el salón.

–Creía que te habías marchado.

–Lo hice –respondió ella.

Llevaba unos vaqueros descoloridos y un top sin mangas. Parecía cansada. Tenía los ojos rojos y Donovan sospechó que había estado llorando. Él la había hecho llorar... Intentó pensar en alguna manera para compensarla. Ella había vuelto, lo que significaba que no quería estar lejos de él.

–¿Dónde está Van?

–Con mis padres. Tenía que hablar contigo. Quiero asegurarme de que entiendes por qué me marché.

–Dirijo una empresa multimillonaria. Creo que puedo imaginármelo –dijo él. No se sentía capaz de discutir todos los fallos que cometía en las relaciones.

–Puedes ser un auténtico cretino.

–Lo sé –admitió, frotándose la nuca–. Escucha, no pretendía que fuera de esta manera. Ya sabes cómo soy. No soy la clase de hombre que hable de sus sentimientos...

La voz se le apagó, confiando en que ella acudiera a su rescate como tantas veces había hecho. Pero no lo hizo.

–Sé cómo eres.

–¿Entonces de qué te sorprendes?

–Porque… Escucha, la única explicación que tengo es que te quiero. Y creo que al quererte te convertí en el héroe que necesitaba que fueras. Siempre me he sentido atraída por los hombres firmes y ambiciosos, y en eso no hay quien pueda hacerte sombra.

–¿Cuál es el problema, entonces?

–Creía que eras distinto a mi padre. Que tenías sus mismas virtudes, pero no sus defectos.

–Nunca he hablado por teléfono mientras estaba cenando contigo.

–Donovan… ¿te importa esta relación o quieres que me vaya para siempre?

Sería mucho más fácil romper con ella de una vez por todas. Cassidy hacía que su vida fuera mucho más complicada, porque por ella quería ser el caballero de reluciente armadura que le había hecho creer.

Pero Donovan no era ningún ingenuo y nunca lo había sido. No podía ser el hombre que ella quería que fuera. Su vida era aquella casa vacía. Su vida era Tolley-Patterson.

–¿Donovan?

–¿Sí?

–¿En qué piensas?

–En dejarte marchar –respondió él con toda sinceridad.

–Es curioso –dijo Cassidy, con los ojos secos, sintiéndose extrañamente invadida por una calma irreal–. Creo que ya me dejaste marchar... hace un año.

Él sacudió la cabeza y caminó hacia ella. Parecía cansado y consumido, y ella sólo quería abrir los brazos y ofrecerle todo su consuelo. Pero aquél era el hombre que seguía rompiéndole el corazón, y ella ni siquiera debería estar pensando en consolarlo.

Pero dejar de amarlo era muy difícil. No podía desenamorarse de él en menos de una semana. No podía ignorar las emociones que habían prendido desde que sus manos se tocaron. Y sin embargo tenía que hacerlo. Estaba decidida a abandonarlo. A empezar una nueva vida por sí misma. Una vida en la que Donovan no fuera más que el padre de su hijo.

–Cassidy, me he estado aferrando a ti como no te puedes imaginar –dijo él.

Sus palabras sonaban sinceras, pero ella había aprendido durante su corto matrimonio que Donovan era un maestro manipulando la verdad.

–A mí me parece más bien que me estás alejando. Me has mentido, Donovan. Me mentiste cuando te pregunté por qué habías regresado.

Había vuelto para zanjar el asunto. Marcharse después de haberle escrito una simple nota la hacía sentirse como... como si aún hubiera una posibilidad. La única manera de que pudiera seguir adelante era a través de un último enfrentamiento.

–¿Qué querías que dijera, Cassidy? ¿Que necesitaba a una esposa y un hijo para la empresa? –preguntó sin disimular el sarcasmo.

–Ésa habría sido la verdad –no estaba dispuesta a cargarse con la culpa. Él le había mentido, y su intención había sido seguir mintiéndole.

–Eras feliz al creer que había vuelto por ti.

–Era feliz al creerlo porque quería que así fuera. Pero creo que quizá me estaba mintiendo a mí misma. Escucha, esta noche sólo he venido porque no quería que las cosas acabaran de la misma forma que la última vez –pensó en contarle la visita que había hecho aquel día a casa de sus suegros, pero decidió callárselo.

–No sé si te entiendo –dijo él–. No hay ninguna razón para romper nuestro matrimonio... pero eso es lo que insinúa tu nota, ¿verdad?

–Sí. Nuestro matrimonio ya se ha roto.

Era su orgullo quien hablaba, pero no le importaba. Estaba cansada de amar tanto a Donovan y recibir tan poco a cambio. Nunca podría competir con Tolley-Patterson. Nunca podría ser un desafío para Donovan, ni llenar su vida como lo hacía la empresa. Nunca sería para él nada más que la madre de su hijo.

–¿Por qué?

Parecía desconcertado, y, francamente, ella no entendía por qué. Donovan tenía que ver que ella era más que un medio para conseguir sus objetivos.

–¿Cómo que por qué? Lo sabes perfectamente.

Quería decirle que el matrimonio se había acabado por el dolor que él le había infligido con sus mentiras, pero había mucho más. Aquella noche, cuando estaba acostando a Van, había visto la foto que sus padres habían colocado sobre la cuna, una foto de Cassidy y Donovan con su hijo recién nacido en el hospital, y había deseado desesperadamente que las emociones que ella sentía fueran recíprocas.

–No. No lo sé, Cassidy. No ha cambiado nada.

–Todo ha cambiado.

Él se acercó a ella y la tomó de la mano, entrelazando los dedos con los suyos de manera que sus anillos quedaron pegados.

–Me casé contigo y juntos hemos tenido a Van. El testamento de mi abuelo se redactó antes de que Van naciera.

–No sabía que ésa era la razón por la que te casaste conmigo.

–¿No has sido feliz? –le preguntó él.

Sí, lo había sido. Había sido muy feliz intentando encontrar su lugar en su nueva vida. Aún tenía que volver al trabajo y nunca habían hecho público su matrimonio, pero había sido feliz con Donovan.

–Sí, pero… –¿cómo podía explicarse?–. Tenía la esperanza de que volvieras, y eso hiciste. Estaba preparada.

–¿Preparada para qué?

Ella tragó saliva. Odiaba admitir una vez más que había querido sentirse especial y valorada por sí misma. Ser lo único sin lo que Donovan no pudiera vivir.

–Para ti. Estaba preparada para abrirme por completo a ti. Y eso es lo que me hace estar furiosa. Te lo puse muy fácil.

Donovan maldijo en voz baja y dejó caer la mano. Se dio la vuelta y se alejó, aunque no llegó muy lejos. Cassidy se obligó a memorizar aquella imagen: Donovan alejándose de ella y de su amor.

–Nada de esto ha sido fácil, Cassidy. Odiaba tener que mentirte, pero siempre que parecieras ser feliz me decía a mí mismo que el fin justificaba los medios.

–Para ti era fácil decirlo… Nunca me has necesitado como yo te necesito a ti.

El silencio cayó sobre ellos y Cassidy se dio cuenta de lo mucho que había esperado que él refutara aquella acusación. Que de repente confesara cuánto la amaba y necesitaba en su vida. Pero con aquel silencio moría la última de sus ilusiones con Donovan Tolley.

Se giró sobre sus talones y se dirigió hacia la puerta.

–Cassidy, espera.

Ella se detuvo, pero no se dio la vuelta. La coraza con la que se había protegido para volver a aquella casa se estaba cayendo a pedazos, dejándola indefensa ante el dolor que había experimentado en una única ocasión… cuando él la decepcionó por primera vez.

–¿Cómo puedo arreglarlo? –le preguntó él.

El detalle de preguntárselo la hizo sentirse un poco mejor. Pero que Donovan no supiera lo que ella necesitaba de él borraba cualquier alivio. A nadie le gustaba confesar su carencia de amor ni admitir la necesidad de ser lo primero en la vida de otra persona.

–No creo que puedas.

Había momentos en la vida de una persona que definían a esa persona, y Donovan supo que aquel momento con Cassidy era uno de ellos. Aquel momento determinaría para el resto de su vida cuál sería el equilibrio de su relación. Y él sólo tenía que pensar en la sensación que lo había asaltado al entrar en el dormitorio vacío para saber que no podía perder a Cassidy.

–«No puedo» son palabras impronunciables para mí –dijo.

Ella lo miró, con su melena rizada arremolinándose alrededor de los hombros.

–¿Qué estás intentando decir?

Donovan no podía culparla. Había usado la evasión y las medias verdades durante tanto tiempo que se habían convertido en su forma habitual de comunicarse con todo el mundo. Era más fácil jugar con las cartas pegadas al pecho. Así podía protegerse y usar la información obtenida en su provecho.

Y la información que había obtenido de Cassidy era muy simple y directa. Necesitaba alguna clase de emoción recíproca. Y ya era hora de que él se la diera.

Pero, ¿cómo podía desnudar su alma?

–Intento decirte que aún no hemos acabado de hablar. No te vayas mientras queden cosas por decir –no hubo respuesta–. Por favor.

Ella se volvió para encararlo, con los brazos cruzados al pecho.

–Te escucho.

–Salgamos al jardín. Estoy harto de estar encerrado en casa.

Ella asintió y lo siguió al exterior. El suave sonido de la cascada artificial en la piscina alivió la tensión que agarrotaba los músculos de Donovan.

Nunca había sido un perdedor. Y no iba a perder a Cassidy.

Sólo tenía que hacer lo correcto. Siempre había arreglado las cosas de esa manera.

Aquella situación no difería en nada de las otras dificultades que había tenido que superar en su vida. Iba a recuperar a Cassidy. Había salido de situaciones peores. No era la primera vez que afrontaba unas condiciones adversas. Cassidy no habría vuelto esa noche si no hubiera querido volver con él.

–Sé que no soy precisamente tu caballero de brillante armadura, pero puedo cambiar. Este asunto del testamento me estaba volviendo loco, y tenía que concentrarme en solucionarlo y en dejar a Sam fuera de juego. Pero todo eso ha quedado atrás, y ahora quiero que Van y tú seáis siempre el centro de mi vida.

Cassidy lo miró y él fue incapaz de adivinar lo que estaba pensando. Pero al menos sabía que no se marchaba. Aquella certeza alivió el dolor que había sentido al mirar su espalda.

–¿Estás insinuando que empecemos de nuevo?

–Si eso es lo que quieres... Pero yo preferiría empezar desde aquí –dijo con sinceridad–. Hemos pasado muy buenos momentos, ¿no crees?

–Sí, los hemos pasado. Pero no puedo...

–¿Qué?

–Escucha, quiero que esto funcione... Te amo, Donovan, pero te has comportado como un cretino en muchos aspectos, y no estoy dispuesta a seguir soportándolo.

–Es justo. Dime lo que quieres que cambie y lo cambiaré.

–No es tan sencillo.

–¿Por qué no? Así funcionan las relaciones con más éxito.

–¿Qué tipo de relaciones?

–Sociedades comerciales, fusiones…

Ella dejó de inclinarse hacia él, y aunque no se dio la vuelta, Donovan sintió exactamente lo mismo que había sentido cuando la vio a punto de marcharse.

–¿Fusiones? ¿Qué es esto, una OPA hostil o una adquisición amistosa?

–Una fusión amistosa –dijo él, estrechándola entre sus brazos.

Sintió cómo se ponía rígida y se dio cuenta de que la situación se le volvía a escapar de las manos. ¿Sería el momento de retirarse y reagruparse? Ni hablar… Nunca había hecho tal cosa, y no iba a hacerla ahora.

Agachó la cabeza para besarla, pero ella puso el brazo entre ellos.

–Esto no cambiará nada. La cuestión no es la compatibilidad física.

–Demuéstralo.

–¿Que lo demuestre? Se supone que eres tú quien tiene que ceder y conquistarme.

–¿Yo?

–Sí –afirmó ella–. Y, francamente, no me has impresionado mucho hasta este momento.

Él volvió a abrazarla y en esa ocasión no dudó en tomar posesión de su boca. La besó lenta y profundamente, recordándole el lazo que compartían. Un lazo que era más fuerte y profundo que nada que ella hubiera experimentado antes.

Que nada que él hubiera experimentado antes.

No iba a aceptar la derrota. Pasó las manos por su espalda y por la curva de sus caderas, apretándola fuertemente contra él, dominándola con la pasión que siempre había sido una parte esencial de su relación.

Ella gimió, un dulce sonido que quedó ahogado por el beso, e inclinó la cabeza hacia un lado para facilitarle a Donovan el acceso total a su boca. Se aferró a sus hombros y se pegó contra él. Donovan deseaba más, y su cuerpo respondió al instante. Hacer el amor con Cassidy se había convertido en una adicción incurable.

Metió la mano entre ellos y se llenó la palma con uno de sus pechos. Ella se estremeció en sus brazos cuando le acarició el pezón con el pulgar.

Donovan levantó la cabeza y sus miradas se encontraron. Lentamente bajó la mano y le desabotonó la blusa, y ella arqueó los hombros y se desabrochó el cierre frontal del sujetador.

Él se retiró ligeramente para contemplar sus pechos desnudos, con sus pezones endurecidos llamando a su boca. Agachó la cabeza y empezó a devorarlos.

La sujetó con una mano en su trasero y enterró la otra mano en sus cabellos. Ella se arqueó sobre su brazo y empujó los pechos contra él, avivando aún más su deseo. Con los ojos cerrados, rozaba las caderas contra sus piernas, y cuando él le sopló en los pezones, se le puso toda la carne de gallina.

A Donovan le encantaba cómo reaccionaba. Sus pechos eran tan sensibles que estaba convencido de que podría llevarla al orgasmo simplemente acariciándoselos. Siguió besándola y tocándola, pellizcándole suavemente los pezones, hasta que ella lo agarró por el pelo y se apretó contra su erección. Él también empujó al tiempo que atrapaba un pezón entre los dientes. Ella gritó su nombre y él se apresuró a cubrirle la boca con la suya, meciéndola hasta que se quedó lacia e inmóvil en sus brazos.

La abrazó con fuerza, sintiendo el roce de sus pechos desnudos contra su torso. Estaba tan excitado que pensó que moriría si no la penetraba de una vez.

Pero aquél era el momento perfecto. Porque sabía que había superado la crisis y que Cassidy era la única negociación que no podía permitirse perder.

La amaba.

Capítulo Once

Cassidy se levantó bastante tarde a la mañana siguiente. La habitación estaba vacía y era obvio que Donovan se había marchado. Se puso la ropa de la noche anterior, puesto que todas sus cosas estaban empaquetadas, y salió del dormitorio. Oyó a la señora Winters en la cocina y olió el delicioso aroma a café que impregnaba la casa. Se sentía pequeña y sola, avergonzada por haber caído presa una vez más del encanto de Donovan.

Estaba en el vestíbulo cuando la señora Winters salió del despacho.

–Buenos días, señora Tolley.

–Buenos días.

–El señor Tolley ha dejado esto para usted.

–Gracias –tomó la pequeña caja rectangular y la metió en el bolso. Había recibido las suficientes joyas en su vida para saber lo que contenía. Le pareció un soborno. Tenía que salir de allí cuanto antes y regresar a su casa.

Al salir vio una furgoneta de la televisión aparcada al final del camino de entrada. Al aproximarse a su coche, un cámara y un reportero corrieron hacia ella. Odiaba aquella parte de ser conocida.

Decidió que no tenía nada que contar, de modo que se subió rápidamente al coche y se puso las gafas de sol. Los periodistas se acercaron corriendo, pero ella los rechazó con un gesto y se alejó.

No sabía adónde ir. Supuso que la casa de sus padres era la mejor opción y llamó a su madre para decirle que se pasaría a recoger a Van. Y luego planearía un viaje de varios meses fuera de la ciudad, hasta que la prensa hubiera encontrado una noticia más jugosa que su relación con Donovan.

Al llegar a casa de sus padres, se encontró con Adam en el porche de entrada.

–¿Qué haces aquí?

–Esperándote.

–¿Cómo sabías que vendría?

–Estaba con mamá cuando llamaste. Pensé que deberíamos hablar –la tomó del brazo y la llevó al jardín trasero.

–¿Sobre qué?

–Sobre Tolley-Patterson. Parece que la cláusula referida al matrimonio no era la única en el testamento de Maxwell Patterson. También dejó estipulado que la junta directiva aprobara la elección de esposa de Donovan.

–Eso es absurdo.

–Sí, lo es. No sé lo que pasará hoy, pero por lo que he podido suponer, Donovan ha pedido una reunión de emergencia para forzar a la junta a que elija al nuevo director general.

–¿Por qué me cuentas esto?

–Porque tengo un hombre ahí dentro…

–Pareces un agente secreto, Adam. ¿Qué quieres decir?

–Un tipo que trabaja para Tolley-Patterson me mantendrá al corriente de lo que se cueza en la reunión.

–¿Por qué iba a hacerlo?

–Se lo he pedido.

–Oh –no hacían falta más explicaciones–. ¿Qué te ha dicho?

–Que la junta sólo aceptará a Donovan como director general si se casa con otra mujer que no seas tú.

Cassidy oyó las palabras como si llegaran desde muy lejos, y se dio cuenta de lo que significaban. Donovan tenía que elegir entre ella y el puesto que siempre había anhelado. O ella o la última posibilidad que tenía para demostrarse a sí mismo que era mejor que Sam.

–Gracias por decírmelo.

–¿Cassidy?

–¿Sí?

–Mamá y papá han sugerido que anules tu matrimonio discretamente para que no tengas que pasar por la humillación de un divorcio.

Ella asintió.

–¿Me están esperando?

–Sí.

–No voy a dejar que se hagan cargo de esto. Necesito hacer las cosas a mi modo y a mi tiempo.

–¿Qué vas a hacer?

–Hablar con Donovan. ¿Quién es tu fuente?

Adam se apartó de ella.

–No creo que deba decírtelo.

–Yo creo que sí. ¿Es digno de confianza?

Adam volvió a mirarla y se quitó las gafas de sol. La expresión de sus ojos era tan seria como siempre, pero también parecía enfadado. Cassidy supo que era por ella, y se dio cuenta de lo que mucho que la quería su familia.

–Muy digno.

–¿Quién es?

–Sam Patterson.

–¿Sam? ¡Pero si odia a Donovan! Adam, yo no me creería nada de lo que diga. Siempre está trabajando en su propio provecho.

–Ya lo sé, demonios. Por eso me puse en contacto con él. Quería saber más de lo que estaba pasando.

–¿Por qué querría contártelo?

–No tengo ni idea.

–Mentiroso.

–¿Mentiroso?

–Sí. Nunca harías un trato con un hombre en quien no confías. Si Sam te mantiene informado debe de ser por algo más que por su buen corazón.

Adam pareció incomodarse y volvió a ponerse las gafas de sol.

–Tienes razón. Hay algo más. Estoy ayudando a Sam con un contrato en el que está trabajando en Canadá.

No dio más detalles, lo que enfureció aún más a Cassidy. Estaba harta de todos los hombres que conocía. Harta de ellos y de que todo en sus vidas girara en torno a los negocios.

–¿Te dijo cuándo sabremos la decisión de la junta?

–Deberíamos saberla muy pronto. Harán un descanso para almorzar dentro de unos minutos.

Al final, las artimañas de Theo iban a proporcionarle a Donovan los resultados deseados. Donovan no tenía ninguna duda al respecto. La presentación de Theo había dejado impasible a la junta directiva.

–¿Qué vas a hacer? –le preguntó Sam mientras esperaban en el pasillo. La junta les había pedido que salieran mientras procedían a la votación final.

–¿Sobre qué?

–Si insisten en que no debes casarte con Cassidy.

–Sam, ya me he casado con ella, así que poco puede hacer la junta. No pueden obligarme a que me divorcie.

–¿Estáis casados? Creía que sólo estaba viviendo contigo...

–¿De verdad crees que no me casaría con ella?

–Bueno... Sí. Todos creíamos que...

–¿Todos? ¿Quién más? ¿Theo? ¿Has estado confabulado con él?

–No. Theo tiene sus propios motivos, ya que el abuelo lo dejó fuera de la carrera por la sucesión.

Donovan estaba de acuerdo. Maxwell Patterson los había dejado a todos en una situación bastante complicada. La empresa no estaba en el mejor momento posible, pero gracias al duro trabajo que Donovan y Sam habían realizado en los últimos meses, Tolley-Patterson volvía a prosperar como siempre.

–Si no es Theo, ¿quién es, entonces?

–Um… Adam Franzone.

–¿Adam? Entonces debías de saber que me había casado con Cassidy.

–No, no lo sabía. Adam y yo tenemos un acuerdo muy limitado… Yo lo mantengo informado de lo que pasa hoy en la reunión de la junta, y él se vale de sus contactos para conseguirnos los terrenos que necesitamos para construir las nuevas instalaciones en Canadá.

Donovan estaba sorprendido de que Sam hubiera pensado en Adam para aquella operación, en la que apenas se habían hecho progresos.

–¿Acudiste tú a él?

–No, fue él quien vino a mí.

Donovan se dio cuenta de que, después de todos los años que había pasado compitiendo con su primo, en realidad apenas lo conocía. Siempre se había limitado a buscar las debilidades de Sam para intentar valerse de ellas. Pero ahora, por primera vez, veía un atisbo de futuro.

–No voy a dejar a Cassidy. Acabo de descubrir cómo puedo tenerla otra vez en mi vida. La junta tendrá que aceptar algún compromiso, y sugiero que tú y yo entremos ahí como socios en vez de como rivales.

–¿Qué tienes pensado? –preguntó Sam.

–Una empresa conjunta. El abuelo sabía que tú y yo éramos el futuro, y no creo que descartara que pudiéramos llegar a un acuerdo.

Sam se echó a reír.

–No, no lo descartaba. Si nos convirtió en rivales fue porque los dos respondíamos siempre a cualquier desafío.

–Cierto. ¿Estás de acuerdo, entonces?

–Si puedes convencer a la junta, sí, estoy de acuerdo.

–Si la junta no acepta mis condiciones, presentaré mi dimisión. He dado todo por esta empresa, pero no voy a tolerar que me digan con quién debo casarme.

Donovan había pensado mucho sobre aquel asunto antes de ir a la oficina. Había sido muy difícil dejar a Cassidy en la cama. Había querido estar con ella cuando se despertara y así poder demostrarle que no la iba a dejar escapar.

–No responderán a una amenaza –observó Sam.

–Responderán a los hechos. Tú y yo le hemos dado más beneficios a la empresa de lo que Theo podrá darle en su vida. Su forma de hacer negocios se ha quedado demasiado anticuada.

–Desde luego. ¿Tienes alguna documentación para respaldar los datos?

–Por supuesto –dijo Donovan. Sacó su BlackBerry y le envió un rápido mensaje a Marcus. Luego le envió otro a Cassidy. Unas breves palabras para decirle que necesitaba verla en cuanto acabara la reunión.

Porque si aquella reunión había servido para algo, había sido para confirmarle lo mucho que amaba a Cassidy… y necesitaba decírselo.

–Ya podéis entrar –les dijo Theo desde la puerta.

–Tengo que hablar con Donovan –dijo su madre, que estaba de pie detrás de Theo.

–Muy bien. Podemos esperar cinco minutos.

Su madre echó a andar hacia el despacho de Donovan.

–¿Mamá? –la llamó él.

Ella se volvió.

–No podemos hablar en medio del pasillo –dijo ella.

Él asintió y la siguió a su despacho. Karin lo miró con las cejar arqueadas cuando pasaron junto a ella, y él le hizo un gesto para que no le pasara ninguna llamada.

Una vez dentro, su madre se acercó a la ventana con vistas al centro de Charleston y se cruzó de brazos.

–¿De qué se trata? –le preguntó él.

–Os debo una disculpa a ti y a Cassidy.

Eso sí que no se lo esperaba…

–¿Por qué?

–Por ocultarles tu matrimonio a la junta y a Sam. Sé que querías mantenerlo en secreto hasta que Van naciera, pero yo tenía la esperanza de que os separarais.

–Eso no va a suceder –dijo él–. Su familia no es tan mala como crees.

–Lo sé. Por eso quiero disculparme. Le he dicho a la junta que estáis casados y que es un matrimonio sólido y estable.

–¿Eso ha servido para convencerlos? –le preguntó Donovan, consciente de que su madre había intentado ayudarlo a su manera. Y apreciaba más su ayuda de lo que nunca habría imaginado.

Ella se encogió de hombros.

–La votación ha sido por escrito. No tengo ni idea de cuál ha sido el resultado.

–Gracias, mamá. ¿Qué te hizo cambiar de opinión sobre Cassidy y los Franzone?

–Fue Cassidy. Ayer vino a vernos con Van. Fue muy sincera con tu padre y conmigo sobre las mentiras que le habías contado y cómo la habían hecho sentirse. Dijo que no sabía cuánto duraría vuestro matrimonio, pero quería que Van conociera a sus abuelos.

La noticia no sorprendió a Donovan. Cassidy era demasiado buena para él. Y ni siquiera las cosas que su madre había hecho le habían impedido hacer lo correcto.

–Esa chica merece la pena, Donovan –dijo su madre.

Él se mostró de acuerdo con ella, lo que no ocurría muy a menudo.

Cuando se disponían a volver a la sala de reuniones, el BlackBerry de Donovan empezó a vibrar. Miró la pantalla y vio un mensaje de Cassidy, diciéndole que sabía que tenía que divorciarse de ella para convertirse en director general. Donovan se quedó mirando las palabras escritas, preguntándose cómo sabía Cassidy lo que había pasado en la reunión.

Marcó su número y sólo le respondió su buzón de voz. Le dejó un mensaje, pero tenía la sensación de que a Cassidy no le interesaba escuchar nada de lo que tuviera que decirle.

Cassidy y Van estaban disfrutando de una tarde tranquila en casa. Bueno... en su casa. No había podido volver a la mansión que compartía con Donovan, y tampoco quería estar con su propia familia, quienes se comportaban como si tuvieran derecho a tomar decisiones por ella. Les había dejado las cosas muy claras y le había dicho a Adam que no se metiera en sus asuntos.

A las siete llamaron a la puerta y, al abrir, se encontró con Jimmy.

–¿Qué haces aquí?

–Otra entrega.

–No necesito más sopa.

–No es sopa.

Le tendió un sobre acolchado y le dedicó una sonrisa antes de volver a su coche. Cassidy cerró la puerta y miró perpleja el sobre que tenía en la mano. Tenía su nombre escrito con una letra muy familiar... La letra de Donovan.

No estaba preparada para recibir nada más de él. El estuche de joyería estaba en la mesa del vestíbulo, sin abrir. Dejó el sobre junto al estuche y volvió al salón, donde Van estaba durmiendo en el parque.

Diez minutos más tarde, sonó su teléfono móvil. Miró el identificador de llamada antes de responder.

–Hola, Emma.

–Hola, chica. ¿Has abierto el sobre?

–¿Qué sobre?

–El que te ha entregado Jimmy.

–No. ¿Y cómo sabes que me ha entregado un sobre?

–Porque ahora mismo voy a tu casa para hacer de niñera.

–No quiero hablar con Donovan.

–Créeme, merece que le des al menos una oportunidad para explicarse.

–Ya le he dado tres oportunidades, y las tres veces me ha defraudado.

–Lo sé. Si no lo quisieras, te diría que lo ignorases, pero como sí lo amas, tienes que darle una oportunidad para explicarse y para que intente compensarte.

–¿Qué tiene planeado esta vez?

–No lo sé. Abre el sobre. Estaré ahí en quince minutos.

Cassidy dejó el teléfono y volvió al vestíbulo. Se llevó el sobre y el estuche al salón y se sentó donde pudiera ver a Van. En primer lugar abrió el sobre. Dentro encontró una invitación para que acudiera al club náutico aquella noche, a las nueve.

Sacudió la cabeza. Los gestos románticos no iban a conquistarla. Pero una parte de ella... Bueno, toda ella quería que su relación con Donovan funcionara. Por muy dolida que estuviera, aún no había tenido tiempo para desenamorarse de él. Y dudaba que alguna vez lo consiguiera.

Abrió el estuche y encontró una pulsera de platino con una foto de ella, Van y Donovan. La misma foto en tamaño reducido que colgaba junto a la cuna de Van en casa de sus padres. Al dorso había unas palabras grabadas: *Éste es mi mundo.*

Los ojos se le llenaron de lágrimas. No estaba segura de lo que Donovan tenía pensado para esa noche, pero ahora sabía que tenía que ir a su encuentro. Su relación merecía una última oportunidad.

Se llevó el baby monitor al dormitorio y se cambió los vaqueros y la camiseta por un vestido largo, sin cuello ni mangas. Se maquilló intentando que no le temblaran las manos y se retocó los rizos.

Cuando Emma llegó al cabo de unos minutos, estaba casi lista para salir. Se puso el anillo de boda y la pulsera de platino.

–Voy a llevarme a Van a mi casa –dijo Emma.

–Emma…

–Si necesitas venir por él a cualquier hora, puedes hacerlo sin problema. Pero intuyo que vas a estar muy ocupada.

Cassidy se mordió el labio. Necesitaba mucho más que otra noche de pasión en brazos de Donovan. Pero no sabía si él podría darle algo más. La pasión estaba muy bien, pero ella necesitaba su corazón. Necesitaba que fuera el hombre que siempre había creído que era.

Una limusina llegó justo después de Emma. Cassidy abrazó a su amiga y besó a Van en la cabeza.

En el asiento trasero de la limusina encontró otro sobre. En su interior había un papel pergamino con un poema de Christopher Brennan: *Porque ella me preguntó por qué la amaba.*

Era un poema precioso, y las palabras escritas a mano al final le aceleraron los latidos. *Te quiero.*

Quería creer que Donovan lo hacía porque la amaba, pero una parte de ella… la parte maltratada por sus traiciones, temía que fuera a pedirle que siguiera siendo su esposa secreta.

Capítulo Doce

Donovan estaba esperando en el muelle cuando la limusina llegó al puerto. Había pasado toda la tarde ultimando hasta el mínimo detalle. Por una vez en su vida estaba nervioso, pero no porque temiese cuál pudiera ser el resultado de aquella velada. Siempre había sido un ganador, y aquella noche no iba a conformarse con menos de la victoria.

–Buenas noches, Cassidy –la saludó mientras la ayudaba a salir de la limusina.

–Donovan.

El cielo estaba plagado de estrellas, y una cálida brisa tropical mecía la superficie del océano.

–Gracias por venir.

–De nada. Admito que he venido sólo porque quiero escuchar lo que tienes que decirme.

–¿Has leído mis notas?

–Sí.

–¿Y?

Ella dudó.

–Te quiero, Cassidy.

–¿Has perdido tu trabajo? –le preguntó ella.

No era exactamente la respuesta que él estaba esperando.

–¿Qué tiene eso que ver?

–Adam dijo que…

–Adam no sabe nada.

–No, pero creía que Sam sí.

Donovan negó con la cabeza.

–Vamos a mi yate. Te lo contaré todo si quieres.

Ella lo siguió a bordo del yate. El cocinero había preparado unos entremeses y los había servido en la popa.

–Mi tío y la junta me dieron un ultimátum, del que obviamente has oído hablar… O te dejaba, o me quedaba sin el puesto de director general. Decliné la oferta y a cambio propuse una dirección conjunta. Tanto Sam como yo le hemos dado muchos beneficios a la empresa, y hemos decidido que los dos deberíamos estar al mando.

–Y ellos han rechazado la propuesta –dijo ella.

–¿Por qué estás tan segura de que la han rechazado?

–Porque si no hubieras perdido la empresa, no estarías intentado recuperarme. La empresa siempre ha sido tu prioridad.

Él sacudió la cabeza, lamentándose por haberla decepcionado y por haberla hecho sentirse como si no fuera tan importante como su trabajo. Donovan siempre había querido ganarse el respeto de su abuelo y llegar a lo más alto, pero desde que se casó con Cassidy se había dado cuenta de que lo más importante para él era ser un buen marido y un buen padre.

–Han aceptado mi oferta. Sam y yo somos los nuevos codirectores de Tolley-Patterson. Pero tienes que saber que, cuando creí perderlo todo, no me sentí hundido ni derrotado.

–¿No?

Él negó con la cabeza y la tomó entre sus brazos.

–Pensé en ti y en Van y en la familia que habíamos empezado a formar, y miré a mis parientes que formaban parte de la junta. Aunque también representan a los inversores de la empresa, supe que la familia es lo más importante. Y que tú eres lo más importante en mi vida –se inclinó para besarla–. Tú y Van. Te quiero, Cassidy Franzone Tolley. Y quiero volver a casarme contigo delante de todo el mundo para que todos sepan que eres mía.

Cassidy estaba llorando, pero también sonreía... La sonrisa más radiante que él había visto jamás.

–Yo también te quiero, Donovan.

–¿Te casarás otra vez conmigo?

–No –respondió ella, y a él casi se le detuvo el corazón–. No necesito una ceremonia delante de todo el mundo.

Él respiró aliviado, abrumado por el amor que sentía por aquella mujer.

–¿Qué necesitas?

–A ti.